사랑은
사랑으로
돌아옵니다

사랑은 사랑으로 돌아옵니다

1판 1쇄 발행 2023. 10. 16.
1판 2쇄 발행 2023. 11. 16.

지은이 정목

발행인 고세규
편집 구예원, 봉정하 디자인 유향주, 홍세연 홍보 박상연 마케팅 박인지
발행처 김영사
등록 1979년 5월 17일(제406-2003-036호)
주소 경기도 파주시 문발로 197(문발동) 우편번호 10881
전화 마케팅부 031)955-3100, 편집부 031)955-3200 | 팩스 031)955-3111

값은 뒤표지에 있습니다.
ISBN 978-89-349-1084-8 (03810)

홈페이지 www.gimmyoung.com   블로그 blog.naver.com/gybook
인스타그램 instagram.com/gimmyoung   이메일 bestbook@gimmyoung.com

좋은 독자가 좋은 책을 만듭니다.
김영사는 독자 여러분의 의견에 항상 귀 기울이고 있습니다.

일러두기
이 책은 《잠 못 드는 사람에게 밤은 길고》(2021)의 개정판입니다.

사랑은 사랑으로
돌아옵니다

✗ 정목스님과 함께하는 행복한 마음 연습 ✗

정목 지음

김영사

세상이 칠흑같이 어둡게 느껴질 때

이 책이 누군가에게 좋은 인연이 되고

환한 등불이 되기를

발원하는 마음으로 기도합니다.

다시 책을 내며

얼마 전 다급한 목소리로 전화가 왔습니다.

중년의 아주머니가 두어 번 한숨을 내쉬더니 어디서부터 말을 꺼내야 할지 모르겠다는 듯 떨리는 음성으로 "스님, 안녕하세요? 초면에 죄송합니다. 저는 방송으로 스님의 법문을 들으며 마음의 큰 위로를 받는 사람입니다. 오늘 제 딸이 병원에서 검사를 받았는데 암이라서 수술을 해야 한답니다. 하늘이 무너지는 것 같고, 눈앞이 캄캄하여 무엇을 어떻게 해야 좋을지 아무것도 생각나는 것이 없습니다. 버스를 타고 집으로 가면서 거리에도 사람이 저렇게 많고, 버스에도 사람이 가득한데 단 한 사람도 붙들고 말할 사람이 없습니다. 그저 막막할 뿐 병원 문을 나서는 순간부터 버스로 집에 가는 동안에도 오직 스님만 떠올랐습니다. 절에 가본 적도 없고 스님을 직접 만난 적도 없는데 스님만 떠올라서 가까스로 연락처를 알아내어 이렇게 전화드렸습니다. 왜 막막한 순간에 스님밖에 떠오르는 사람이 없을까요. 스님이 아는 의사가 있으시면 우리 딸이 수술을 안전하게 할 수 있도록 도와주실 수는 없을까요?"

전화기 너머로 들려오는 아주머니의 음성은 다급했고, 가느다란 희망의 줄을 붙들 듯 간절히 기도하는 심정이 고스란히 느껴졌습니다.

그런데 희한하게도 그날 오후엔 또 다른 아주머니 한 분이 기력이 하나도 없는 목소리로 아들이 눈수술을 세 번이나 했는데 수술이 잘못되어 다시 해야 한다면서 전화를 걸어왔습니다. 어쩌면 앞을 못 볼 수도 있다고 하는데 무엇을 어떻게 해야 할지 의논할 곳이 하나도 떠오르지 않고, 하늘 아래 혼자가 된 것 같아 만난 적도 없는 제게 무작정 연락했다는 것입니다.

하늘이 무너지는 것같이 막막한 일을 겪을 때 지푸라기라도 잡고 싶은 심정은 누구나 마찬가지일 것입니다. 불안하고 고통스러운 순간에 누군가를 떠올린다는 것은 떠오른

대상의 능력과 상관없이 그곳에 출구가 있을 것이라 믿는 마음 때문이겠지요.

겉보기에 얼마나 안정적이건 또 얼마나 부유하건과 상관없이 사람은 누군가의 보살핌이 필요할 때가 있습니다. 전화를 걸어왔던 그분들 역시 하늘이 무너지는 것 같던 그 순간 누군가의 도움이 필요했던 것이지요.

그날, 제게 연락하신 아주머니 두 분은 제가 공덕을 지을 수 있는 기회를 주신 분들입니다. 도움을 줄 수 있는 의사를 소개한다거나 믿을 수 있는 병원을 알려주는 것만으로도 위기에 빠진 그분들에겐 도움이 되는 일이니 그건 바로 제가 복 지을 수 있는 기회를 주신 것이나 다름없는 일입니다.

이 세상의 모든 생명은 서로 도울 수 있는 존재라는 사실과 떨어져 있는 것 같지만 사실은 모두 연결된 존재라는 사실을 깨닫는 순간 우리는 인생의 숨겨진 아름다움과 의미를 발견하게 됩니다.

이 책엔 지금보다 훨씬 젊었던 시절 저와 인연 맺었던 분들의 이야기가 많이 담겨 있습니다. 돌이켜보면 그 인연들은 모두 저를 성장시키고 삶의 진리를 깨치게 하는 데 한 역할을 하신 분들이지요. 아마도 이 책이 멈추지 않고 계속 돌고 돌면서 새롭게 출간되어 생명력을 이어가는 것은 이 세상 어딘가에 누군가의 보살핌이 필요한 사람들이 있고, 그런 분들에게 작게나마 등불이 될 수 있는 요소가 있어서 그러리라 믿습니다.

고통이 밀려와 세상이 칠흑같이 어둡게 느껴질 때 이 책이 누군가에게 좋은 인연이 되고 환한 등불이 되어줄 수 있다면 고맙겠습니다.

한 걸음

✕

사랑에서 얻은
배움

삭발하던 날

은사스님,

오늘은 바람 한 점 없이 무덥습니다. 공양은 제때에 챙겨 드시는지요? 갈수록 입맛도 없고 몸도 예전 같지 않다며 자리에 누워 계신 것을 보며 문득 스님이 세상을 떠나시면 어떻게 하나, 걱정하기도 합니다.

언제나 제 삶의 가장 중심에 계신 스님을 떠올리자니 스님은 정말 제게 사랑 그 자체였음을 알게 됩니다. 세상 아무것도 모르던 어린 제가 출가하겠다고 떼를 쓰자 스님께서는 조용히 타이르셨지요.

"대학까지 마친 후에 네가 스스로 인생을 판단할 수 있을 때 출가해도 늦지 않으니 우선 학교 과정을 다 마치도록 하자."

그러나 그때 겨우 열여섯이었던 저는 막무가내로 출가를 고집했고, 머리를 들이밀며 깎아달라고 졸라댔습니다. 몇 날 며칠을 알아듣도록 타이르고 설명해도 도대체 출가의 의지를 꺾지 않는 저에게 스님은 결국 불연佛緣이 깊은 아이라 생각하시고 출가를 허락하셨지요.

부처님 열반일에 맞춰 삭발하기로 정하자 어른들은 법복도 만들고 뭔가를 준비하느라 바빴습니다. 저 역시 제 앞에 새로이 펼쳐질 삶 때문에 약간 흥분한 상태였지요.

그때가 중학교 과정을 끝냈을 무렵이었고, 불교와 깊은 인연이 있긴 있었던지 중학교 2학년 때 선생님께 이런 질문을 한 기억이 납니다.

"선생님, 왜 사람은 꼭 학교에 다녀야 하나요? 꽃과 나무들은 학교에 안 다녀도 잘 사는데요."

어이가 없다는 듯 멍하게 바라보시던 선생님은 볼펜으로 제 어깨를 톡톡 치면서 "그런 엉뚱한 생각 말고 공부나 해" 하고 말을 잘랐습니다.

그때 저는 학교와 선생님이 모든 것을 가르쳐줄 수 있는 것은 아니라는 생각을 했습니다. 출가해서 스님이 되면 가지고 있던 의문을 풀 수 있을지도 모른다는 생각을 하게 된 건 그 무렵이었지요.

이윽고 삭발하기로 한 날 아침, 문중의 어른 스님들이 오셨고 절집은 가볍게 들뜨기 시작했습니다. 깨끗한 흰 종이를 깔아놓고, 가위와 삭도가 놓여 있는 상 앞에 함께 머리 깎을 사형과 둘이 나란히 앉자, 스님은 시범이라도 보이듯 가위로 어깨까지 내려온 제 머리를 툭툭 잘라내셨습니다.

삭- 삭- 머리카락 잘려나가는 소리가 경쾌하게 들려왔고, 그 머리카락이 하얀 상 위에 가지런히 놓였습니다. 그때 열여섯 살, 철없던 저는 들뜨기만 했습니다. 가위질하던 손을 멈추고 스님이 하시던 말씀이 아직도 선명하게 기억납니다.

"지금도 늦지 않았다. 생각이 바뀌었으면 말하거라."

머리 깎겠다는 저를 염려하는 눈빛으로 보시던 스님은 그렇게 마지막 기회라도 주시듯 말씀하셨지요. 돌이켜보면 그때까지 어린아이였던 저는 그 순간 웃음을 터뜨렸습니다. 듬성듬성 머리가 다 잘려나간 마당에 그만두고 싶다고 어떻게 그만둘 수 있다는 건지…….

한번 웃고 나니까 자꾸 웃음이 나왔습니다. 저는 머리카락이 잘려나갈 때마다 너무나 시원하여 옆에 앉은 사형과 달리 계속 싱글벙글 웃어댔습니다. 돌이켜보면 저는 정말 세상 모르는 철부지였고, 사형은 조숙하고 감수성 예민한 분이었지요.

"이 머리카락은 무명초無明草다. 없을 무, 밝을 명, 풀 초의 무명초. 무명이란 어둠, 무지란 뜻이며, 머리카락을 자르는 이 삭도는 지혜의 칼날이니 어둠을 베어버리고 지혜의 길을 가는 것이 바로 삭발의 의미임을 명심해라."

잘라낸 긴 머리를 한지에 싸 밀쳐둔 뒤, 스님은 삭도를 집어 들며 그렇게 말씀하셨습니다. 가위로 듬성듬성 자르고 남은 머리를 막 삭도로 밀려는 순간이었죠.

"앞머리부터 깎으면 앞길이 훤해지고, 뒷머리부터 깎으면 중노릇을 잘하게 된다."

스님은 그렇게 말씀하시고는 앞머리부터 밀어주셨습니다. 앞길이 환하라고 축원을 내려주신 거죠.

삭발을 끝낸 뒤 법복을 갈아입은 저는 신바람이 나서 법당에 올라가서 부처님께 절하고, 다시 스님들께 돌아가며 절을 올렸습니다. 법복을 어설프게 입은 채 날아갈 듯 좋아 싱글벙글 웃고 있는 제게 스님은 그제야 대견해하고 자랑스러워하는 눈길을 주셨지요.

"꼭 아난존자(부처님의 10대 제자 중 한 사람) 같구나."

스님은 그때 그렇게 말씀하셨습니다.

스님, 기억하시는지요? 삭발을 하고 반년이나 지났을까 싶던 무렵, 제가 심한 몸살감기에 걸려 몸이 불덩이처럼 달아오르고 정신이 희미해져 물 한 모금 못 마실 정도로 아팠던 적이 있지요.

"너무 신경을 쓰고 몸이 허약해져 있으니 충분히 휴식을 취하고 잘 먹어야 합니다."

의사의 말을 들은 스님은 깜짝 놀라시며 어느 정도 허약하냐고 다시 물으셨지요. 병원에서 나와 절까지 걸어 올라가는 동안 스님은 제 손을 꼭 잡으며 말씀하셨습니다.

"네가 신경 쓸 일이 뭐가 있느냐? 내가 이렇게 옆에 있는데. 너는 마음 푹 놓고 잘 먹고 잘 자라면 된다."

그날 스님은 동네 가까이 사는 어느 보살님께 소꼬리를 고아달라고 부탁하셨지요. 그러나 스님이 그렇게 지극히 정성을 들였는데도 저는 그 국을 도저히 삼키지 못하고 토해버렸습니다. 안타까워하시며 스님은 몇 번이나 "맛으로 먹지 말고 몸 생각해서 꾹 참고 마시라"고 권하셨지만 끝내 저는 그 국물을 마시지 못하고 말았지요.

그날 밤, 끙끙 앓다가 잠이 든 저를 스님은 늦게까지 지키고 앉아 계셨습니다. 그때 제 손을 잡고 "관세음보살, 관세음보살" 하며 기도하시던 스님의 눈에 맺혀 있던 눈물방울.

어린 나이에 머리를 깎은 제가 스님은 그토록 애처로우셨던 모양입니다.

눈을 뜬 제게 스님은 "아가, 아프지 마라. 어서 일어나야지. 일어나면 맛있는 것 사줄게. 뭘 사줄까?" 하고 물으셨지요. 철없던 제가 그때 했던 대답을 스님은 아마 기억하지 못하실 겁니다.

아픈 와중에도 저는 대뜸 "박카스요!" 하고 대답했습니다. 아파서 누워 있는 아이가, 그것도 출가해서 머리까지 깎은 승려가 그 와중에 박카스가 먹고 싶다고 대답했던 걸 생각하면 얼마나 기가 차는지……. 세월이 흐른 지금, 그때를 떠올리면 스님도 아마 미소를 지으시리라 생각됩니다. 며칠 뒤 스님은 정말 박카스를 한 병 사주셨고, 용돈까지 주셨지요.

열여섯 살 철부지 동자를 엄마가 아기 키우듯 보살펴주시면서 스님은 그렇게 제게 끝없는 사랑을 쏟아주셨습니다. 제가 아플 때 기도하시던 스님의 모습을 떠올리면 지금도 코끝이 찡해집니다. 그런 사랑을 받은 제가 스님께 뭘 해드렸나 생각하면 가슴 한끝이 아릿해 오기도 합니다. 자라는 동안 스님은 저희에게 이런 말씀을 들려주셨지요.

"아픈 환자를 돌보는 것이 공덕 중에 가장 큰 공덕이라 했으니 너희도 살아가다가 누군가 아픈 이를 만나면 부모

형제를 돌보듯 해야 한다."

어쩌면 스님의 그런 가르침이 저를 한동안 병원에 있게 했는지도 모릅니다. 서울대학교 병원에서 환자들을 돌보던 시절, 제 가슴속엔 언제나 스님의 말씀이 메아리치고 있었습니다.

돌봐줄 자식이 없는 83세 할아버지가 병원에 입원해 계시던 일이 생각나는군요. 할아버지를 간병한 유일한 사람은 79세의 할머니였습니다. 두 분 다 노인 중에서도 상노인인데 한 분은 환자고, 한 분은 보호자였으니 사실 누가 환자인지 모를 정도로 딱한 형편이었지요.

할머니 또한 관절염으로 고생하고 계셨고, 할아버지는 하루에도 몇 차례씩 시트 위에 똥을 흘려놓곤 하시는 바람에 담당 간호사들이 매번 시트를 갈아줄 수도 없는 형편이었습니다. 병원 법당의 법사로서 병실을 매일 한 번씩 돌던 저는 빠뜨리지 않고 할아버지를 찾아갔는데, 제가 병실 문을 열면 두 분은 반색을 하시며 시트를 갈아달라고 하셨지요.

입고 있던 승복 두루마기를 벗어젖히고 시트를 갈아드리고 몸도 깨끗이 닦아드리면 그분들은 그렇게 행복해할 수가 없었습니다. 그때마다 저는 또 스님을 떠올렸습니다. 어린 시절 제가 아플 때 스님이 보여주신 사랑의 힘, 저를 키

위주신 스님의 사랑이 그분들 위로 겹쳐졌던 것입니다.

제가 오기를 매 순간 기다린다는 두 분의 주름진 얼굴을 볼 때마다 가슴이 아파왔습니다. 절에 가지 말고 함께 있으면 안 되느냐고 매달리실 때는 눈시울이 붉어졌습니다.

무슨 인연인지 할아버지의 임종을 저와 할머니 둘이서 지키게 되었는데, 다음 날 난데없이 미국에 살고 있다는 할아버지의 자녀 셋이 들이닥치더군요. 그때까지 저는 그분들에게 자식이 있는 줄도 몰랐는데 말입니다. 참으로 야속하다는 생각이 들더군요. 아버지의 시신을 앞에 두고도 재산 이야기만 하는 그들을 보며 저는 명문 대학이니 좋은 가문이니 하는 것들이 다 부질없다는 사실을 새삼 깨달았지요.

사람 몸으로 태어나기 어렵고, 마음 씀씀이가 대장부 같기 어렵고, 참된 진리 만나기는 더욱 어렵다 했는데, 사람으로 태어났어도 사람 같지 않은 자들이 얼마나 많은지를 저는 세상 속에서 많이 보아왔습니다.

스님, 저 역시 젊은 날, 스님 속을 많이 썩였습니다. 그런데도 스님은 끝까지 저를 사랑으로 감싸주시고 기다려주셨지요. 아무리 제가 잘못해도 누군가가 제 칭찬을 하면 좋아하셨고, 누군가가 제 험담을 하면 따끔하게 그 사람을 나무라곤 하셨지요.

열일곱 살 때로 기억됩니다. 사월 초파일에 제가 저질렀던 일을 스님도 기억하고 계시겠죠? 초파일이 되면 신도들은 연등, 팔각등, 수박등, 주름등과 같은 형형색색 곱고 예쁜 등을 달았지만, 가난한 노보살님들은 법당 안에 다는 연등을 달 수가 없었습니다. 다른 등과 달리 그 당시는 연등 제작 과정이 대단히 복잡하고, 하나하나 사람의 손으로 만들어야 해서 다섯 달 가까이 수많은 사람이 달라붙어 오직 연등 만드는 데 시간을 바쳤습니다. 당연히 등을 많이 만들 수도 없었을 뿐 아니라 비용도 많이 들었는데 그런저런 사정을 잘 몰랐던 어린 저는 등을 다는 데도 차별이 있다는 것이 속상하기만 했습니다.

사건은 스님이 외출하신 사이에 일어났습니다. 할머니들이 원하는 대로 법당에 연등을 달아드리지 못하고 마당에 팔각등이나 주름등을 다는 것이 속상했던 저는 스님이 안 계시는 동안 등의 종이를 뜯어서 태우고 팔각등 재료인 철사 뼈대를 모두 망가뜨려 없애버렸지요.

저녁 늦게 야단맞을 각오를 하고 스님께 연등만 빼고 다른 것은 모두 없애버렸으니 내년에는 시주를 얼마를 하건 상관없이 모두 연등을 달아드리자고 했습니다. 당연히 불호령이 떨어질 줄 알았는데, 스님은 잠시 저를 올려다보시다

사람으로 태어났어도
사람 같지 않은 자들이 얼마나 많은지를
저는 세상 속에서 많이 보아왔습니다.

저 역시 젊은 날,
스님 속을 많이 썩였습니다.
그런데도 스님은 끝까지
저를 사랑으로 감싸주시고 기다려주셨지요.
그때 스님이 보여주신 마음의 크기가
저를 자라게 했습니다.

가 갑자기 픽 웃으시면서 "할 수 없지. 내년에 새것으로 장만해야지"라는 한마디로 제가 한 일을 꾸지람 한 번 없이 인정해주셨습니다.

그때 스님이 보여주신 마음의 크기가 저를 자라게 했습니다. 한평생 청정한 걸음 보여주신 스님의 가르침이 저를 바른길로 인도했습니다. 세월은 갔지만 삭도를 들며 스님이 하신 말씀, 아직 귀에 쟁쟁합니다.

"이 머리카락은 무명초다. 없을 무, 밝을 명, 풀 초의 무명초. 무명이란 어둠, 무지란 뜻이며, 머리카락을 자르는 이 삭도는 지혜의 칼날이니 어둠을 베어버리고 지혜의 길을 가는 것이 바로 삭발의 의미임을 명심해라."

이 글을 쓴 것이 엊그제 같은데 스님은 이제 세상을 떠나셨고, 빈자리엔 그리움이라는 이름의 향기만 남아 그윽합니다.

내 인생의 큰 만남

내 삶을 바꾼 큰 만남에 대해 이야기해달라는 요청을 받고 생각해보았습니다. 내 인생의 가장 큰 만남은 과연 무엇일까?

그 물음에 대한 대답은 단연 부처님과의 만남, 불교와의 만남이라고 해야 할 것 같습니다. 어린 시절, 엄마 치마꼬리를 잡고 따라갔던 한 사찰에서 처음 범종 소리를 들었던 것이 불교와의 첫 만남이었고, 진리로서의 불교가 내 마음에 들어앉은 첫 인연이었습니다.

그러나 기억 속에 아련하기만 한 그 종소리의 흔적을 두고 삶의 큰 만남이라고 할 수만은 없겠지요. 불교가 내 속에 스며들기 시작한 순간과 불교를 통해 내 삶이 확연히 바뀌기 시작한 순간 사이에는 적지 않은 시차가 있으니까요.

그다지 조숙한 편도 아니었지만 평범하게 살고 싶지는 않다고 생각했던 청소년 시절, 인천 용화사를 찾아간 적이 있습니다. 그때 내 나이 열다섯, 돌이켜보면 막 인생에 의문을 품기 시작한 나이였습니다. 다가올 미래에 대한 불안과 안개 같은 삶에 대한 궁금증 때문에 잠을 설치던 시절이었지요.

누군가가 내게 묵언스님을 찾아가 보라고 해서 무작정 인천 가는 기차를 타고 거기까지 갔습니다. 용화사라는 절 이름도 처음 들었고, 묵언스님이라는 분에 대해서도 전혀 아는 바가 없었습니다. 전화번호를 알아내고, 위치를 자세히 물은 뒤 기차를 탄 나는 교복 차림에 단발머리를 한 평범한 여중생이었습니다. 그때 당시, 인천 가는 기차는 낡고 허름했을 뿐 아니라 산처럼 쌓인 까만 석탄 더미만 창밖으로 보이던 가난한 시절이었습니다.

기차에서 내려 한참을 걸어 찾아간 용화사는 절이라기보다 가정집 같았습니다. 대문을 두드리자 할머니 한 분이 나와 문을 열어주셨지요. 누구 심부름으로 왔느냐고 물으시는 할머니에게 심부름이 아니라 묵언스님을 뵙고 싶어 찾아왔다고 하자, 할머니는 나를 한 번 훑어보신 뒤 큰방으로 안내해주셨습니다.

할머니는 스님을 모셔오겠다며 잠시 기다리고 있으라 하셨지만 시간이 한참 흘러도 아무 소식이 없었습니다. 큰방에 덩그렇게 혼자 앉아 있자니 지루하기도 하고 좀 무섭기도 해서 바깥으로 나가려는데 스님 한 분이 들어오셨지요.

그분이 묵언스님이었습니다. 훗날 알게 되었지만, 그분이 바로 지금의 유명한 송담스님이신데, 10년이 넘는 오랜 시간을 묵언으로 정진하셨다 해서 그때는 묵언스님으로 더 잘 알려져 있었습니다.

지금이야 수행력이 뛰어난 큰스님으로 추앙받는 분이지만, 그 당시엔 스님 계시는 용화사가 명성이 높아지기 전이고, 스님 또한 묵묵히 정진만 하시던 터라 뜻있는 이들만 스님을 찾던 때로 기억됩니다. 물론 나야 그런저런 내용조차 모르던 어린 학생일 뿐이었지만.

절을 드리고 나자 스님께서는 조용히 미소를 띠시며 내게 무슨 일로 찾아왔느냐고 물으셨습니다. 스님의 질문에 저는 그냥 공부도 재미없고 왜 살아야 하는지 모르겠고 답답해서 왔다고 대답했지요. 바보 같은 대답에 스님은 껄껄 웃으시다가 돌연 "답답하다? 누가 묶어놓았기에 답답하지?"하고 물으셨습니다. 할 말을 찾지 못한 나는 스님만 바라봤죠.

맑고 고요한 시선으로 쳐다보시던 스님은 곧 법문을 시작하셨습니다. 스님의 말씀을 듣고 난 뒤 그 말씀이 무슨 뜻인지 다 알아들을 순 없었지만 가슴속에서 시원함과 후련함이 번져오는 것을 느꼈습니다. 그때 스님이 하신 법문이 《반야심경》과 《금강경》의 말씀이라는 것을 세월이 흐른 뒤에야 알아차렸습니다.

답답하다는 생각도, 불안하다는 생각도 원래는 없는 것인데 내가 있다고 마음으로 생각하면 모든 것이 인연의 법칙에 의해 생겨난다는 말씀과 함께 스님께선 그날 나를 어린학생이라 여기지 않고 무상 법문을 들려주셨지요.

내 인생의 큰 만남이 이루어진 순간이었습니다. 그것이 내 인생을 바꾸는 계기가 되었다 해도 과언이 아닐 것입니다. 더구나 스님은 먹을 갈아 한지에 직접 뭔가를 써주시기까지 했습니다. 먼저 내 이름을 쓰신 뒤, 둥그렇게 일원상을 그리시더니 한문으로 화두를 써 내려가셨습니다.

"여기 한 물건이 있으니 이 물건은 생겨나지도 사라지지도 않는다. 이것이 무엇인고? 시심마是甚麼, 이뭐꼬?"

스님이 주신 화두는 그것이었습니다. 화두를 쓴 종이를

접어 넣은 봉투를 받아 든 나는 감격한 나머지 스님을 향해 큰절을 올렸습니다. 그러나 그 뒤 스님과의 인연은 지속되지 않았습니다. 많은 세월이 흐른 지금, 스님은 기억조차 하지 못하시겠지만, 나는 출가를 했고 어디를 가든 화두가 든 봉투를 꼭 가지고 다녔지요.

동가식서가숙하던 세월이 20년쯤 지난 어느 날, 또다시 거처를 옮기다가 그만 화두 봉투를 잃어버렸습니다. 가지고 있던 짐을 뒤지고, 집 안을 샅샅이 찾아봤지만 봉투는 보이지 않았습니다. 무언가 큰 것 하나를 잃어버린 기분이었지요.

그러다가 문득 정신을 차리고 생각해보니 정작 화두는 챙기지 않고 화두가 적힌 종이만 챙기고 있음을 알게 되었습니다. 미련한 짓이었지요. 삶 속에서 늘 챙겨야 할 화두 대신 그때까지 봉투만 챙기고 있었으니까요. 그 순간 많은 것을 얻었습니다. 아니 얻은 것이 아니라 발견했습니다.

생겨나지도, 사라지지도 않는 그것은 정작 내 속에 있었던 것, 원래 내가 가지고 있었던 것이었습니다. '깨달음이란 구하는 것이 아니라 기억하는 것'이라는 말뜻을 그제야 알아차린 것입니다. 비로소 단발머리 시절에 받았던 화두에서 놓여난 나는 자유를 느꼈습니다. 알게 모르게 그동안 나를 묶어놓고 있던 많은 것들에서 벗어나는 느낌이었습니다.

    인간이 한생을 살며 겪게 되는 수많은 만남 가운데 그렇듯 큰 만남이 있습니다. 우리가 스승을 찾아 길 떠나는 이유도 그 때문일 것입니다. 내 삶의 큰 만남을 위해 나 또한 적지 않은 여행길에 오르곤 했습니다.

    자기 안에 있는 불성을 깨워주는 큰 만남을 위해 모든 것 다 벗어놓고 홀홀 떠나보십시오.

산사에 불어오는 바람

20대 초반, 방랑자가 되어 이 산중 저 산중 떠돌아다니던 시절, 한 도반의 소개로 심원사라는 절을 찾아갔습니다. 원효대사가 머물며 수행하셨다는 그 절에서 스님을 처음 만났지요. 스님은 그때 이미 마흔 가까운 연세였는데 혼자 산중 토굴 생활을 하면서 정진하신 지 오래된 것 같았습니다. 인적도 없는 그 깊은 산중에 혼자 계셨지만 전혀 두려움을 모르는 분이셨지요. 체구는 작지만 당당했고, 감히 누구도 범접할 수 없는 수행자로서의 위엄을 지니고 계셨습니다. 비구니 스님이 첩첩산중에 혼자 산다는 것은 예나 지금이나 그리 쉬운 일이 아닌데 스님은 전혀 신경 쓰지 않으셨지요.

예고도 없이 찾아든 젊은 객승을 스님은 반갑게 맞아주셨고, 한동안 산을 내려가지 않으리라 작정한 저는 그날부터 신세를 지게 되었습니다. 그때의 심원사는 정말 호랑이라도 나올 듯한 첩첩산중의 누옥이었습니다. 세 평 남짓한 신신각과 열댓 평이나 될까 싶은 당우가 전부였던 초라한 그 절집을 저는 아직도 잊지 못하고 있습니다. 지금은 어디서 사시는지…….

　언젠가 지방에 다녀오던 길에 심원사를 찾았는데, 그때 그 모습은 찾을 수 없고 큰길이 훤하게 뚫려 완전히 딴 세상이 되어 있더군요. 행여 중창불사로 예전의 모습을 잃어버렸으면 어떡하나 하는 걱정에 절까지 들어가지 않고 발길을 돌렸던 기억이 납니다.

　순수했던 그 시절의 기억을 그대로 간직하고 싶었던 마음 때문이었을까요? 처음 그 절을 찾아갔을 때가 눈앞에 생생히 떠오릅니다. 절을 찾아간다고 나서긴 했지만 어디가 어딘지, 도반과 함께 바랑 하나 메고 무성한 숲을 헤치며 앞으로, 앞으로 나아가는데 갑자기 길이라고 여겼던 것이 뚝 끊겨버리고 해마저 기울기 시작해 어디로 나아가야 할지 몰라 도반과 저는 이리저리 풀숲을 헤치며 막막해했습니다.

　무작정 느낌만으로 앞을 헤치고 나아가다 보니 계곡이

나타났고, 도반과 저는 계곡을 따라 자꾸자꾸 올라갔습니다. 그런데 가면 갈수록 오리무중일 뿐이어서 우리는 어떻게 해야 할지 알 수가 없었습니다.

그러다 오래전에 찾아갔을 때 깊은 소沼를 뛰어넘은 기억이 난다는 도반스님의 말을 따라 다시 계곡을 따라가자 정말 소용돌이치는 소가 나타났습니다. 길은 끊어지고 얼마나 깊은지 알 수 없는 소마저 뛰어넘어야 한다니 기가 막혔지만 도리가 없었습니다.

우리는 먼저 바랑을 벗어 반대편 바위 위로 던져놓고, 입고 있던 두루마기도 벗어서 던지고, 양말과 신발도 벗어서 던져놓고 최대한 홀가분한 상태에서 건너갈 준비를 했습니다. 계곡의 소는 깊이를 알 수 없이 캄캄하게 무서웠고, 물살 또한 급해서 우린 바짝 긴장하고 있었습니다. 내가 먼저 훌쩍 뛰어넘고, 이어서 도반스님도 펄쩍 뛰어넘자 가슴을 쓸어내렸습니다. 다시 바랑을 챙겨 걸머지고 발걸음을 재촉하자 해가 서산으로 넘어가더군요. 다행히 어두워질 무렵 우린 암자에 도착했습니다.

불현듯 들이닥친 우리를 본 스님은 깜짝 놀라 양팔을 벌리고 반가워하며 맞아주셨지요. 그도 그럴 것이 전화가 있는 것도 아니고, 전기가 들어오는 곳도 아닌 곳에 갑작스레

손님들이 찾아들었으니까요.

　다음 날 함께 왔던 도반스님은 하산하고, 그때부터 저는 스님과 함께 토굴 생활을 시작했지요. 먹을 것이라곤 맨밥에 반찬은 오직 한 가지, 스님이 텃밭에 씨 뿌려 가꾼 열무로 담근 김치뿐이었지요. 소금과 고춧가루, 두 가지로 간을 맞춘 그 김치는 그러나 꿀맛이었습니다. 도시에도 냉장고가 흔하지 않던 그 시절, 우리에겐 기막힌 산중 냉장고가 있었는데, 계곡의 바위틈을 흐르는 물이 바로 그것이었지요. 서늘한 물속에 담가둔 김치는 시원하고 개운하여 꿀맛이 따로 없었습니다.

　양식을 구하러 스님이 아랫마을로 내려간 사이 들이닥친 땅꾼들 생각이 나는군요. 부뚜막에서 혼자 뭔가를 하고 있는데 문밖에 사람이 서 있는 느낌이 들었습니다. 덜컥 겁이 나서 숙이고 있던 고개를 들지도 못하고 모르는 척 뒤로 돌아서려 하는데, "물 좀 주세요" 하는 남자의 목소리가 들려와 돌아보니 남자 세 명이 서 있었습니다.

　그들은 뱀을 잡으러 다니는 사람들이었습니다. 그들이 가고 난 뒤 얼마나 무서웠는지 저는 방으로 뛰어 들어가 문고리에 숟가락을 꽂아놓고선 혹시라도 밖으로 그림자가 비칠까 이불을 뒤집어쓴 채 숨죽이고 있었지요.

밥이고 뭐고 종일 굶고 스님이 오시기만을 기다렸지만 금방 다녀오신다던 스님은 기척이 없었습니다. 그렇게 시간이 흘러 밤이 깊어가고, 기다림에 지쳐갈 무렵 홀연 번개처럼 제 머리를 스쳐 가는 생각이 있었습니다.

'도대체 무엇을 이토록 두려워하고 있는 건가? 그들은 사라진 지 오래인데 나 스스로 두려움을 만들고 있구나.'

그건 작은 깨달음 같은 것이었습니다. 두려움뿐만이 아니었습니다. 미움이니 그리움이니 분노니 사랑이니 하는 모든 갈등이 다 내가 만들어놓은 생각일 뿐이라는 것을 깨닫는 순간 가슴이 탁 트여왔습니다. 마음이 금세 가벼워져 이불을 팽개치고 법당으로 걸어 나오자 창호지 바른 문으로 달빛이 새어 들어왔고, 바람을 맞아 일렁거리는 소나무 그림자가 한 폭의 그림처럼 문살 위로 춤추고 있었습니다.

아무것도 없는 종이 위에 산은 그려도
마음은 그릴 수 없어.
벽을 향하여 참선하는 님의 모습 그려도
바람은 그릴 수 없네.
해 저물고 달이 뜬 산사에 가냘픈 촛불이
바람에 꺼질 듯이 흔들리고

달빛이 창문에 비쳐오면 소나무 그림자
파도처럼 출렁이네.
솔바람이 우-우-우, 잠을 깨우는
산사엔 바람 소리가 들릴 뿐
마음은 그 어디에도 없어라.
내 영혼 깊은 곳을 적시는
산사의 바람 소리, 산사의 바람 소리.

지금은 노래로 만들어졌지만 그때 빈 종이에 써 내려간 글입니다. 달님이 법당 안을 환하게 비추자 달빛이 주는 행복감과 평화로움이 어둠 때문에 일어난 두려움을 말끔히 씻어주었지요. 저는 그때 알았습니다. 두려움과 무서움 또한 내 생각이 만들어낸 것이란 사실을요.

스님이 돌아오신 건 한참 뒤였습니다. "정목스님, 내 왔다. 오래 기다렸지?" 하시며 무거운 짐을 부리셨지요. 마을에 내려갔다가 어느 댁 할머니가 돌아가셔서 염불해주고 오시느라 늦었다고 말씀하신 스님은 쌀뿐만 아니라 저를 주려고 과자, 사탕 등 이것저것을 챙겨오셨지요. 낮에 있었던 일을 말씀드렸더니 스님은 깔깔 웃으시며 "밥은 못 먹었어도 겁은 먹었으니 됐다" 하며 놀리셨지요.

그날 이후 스님은 외출할 때마다 저를 데리고 다녔습니다. 새벽에 산길을 갈 때는 지팡이를 하나 들고 꼭 제 앞에 서서 "내가 이슬을 치면서 가야 옷에 물이 묻지 않는다"하셨는데 나중에 알고 보니 혹시 만날지도 모르는 뱀을 쫓기 위해서였지요. 제가 미리 겁먹을까 봐 스님은 이슬을 친다고 하셨던 것입니다.

한밤중에 댓돌로 내려서다 고무신 위에 똬리를 틀고 있던 뱀을 밟아도 스님은 제가 미끄러질까 걱정하실 뿐 전혀 두려워하지 않으셨습니다. 제가 지금 뱀이나 짐승, 미물인 벌레 하나에도 친구 같은 다정함을 느끼게 된 것은 그 시절 스님께 얻은 배움 덕분이지요.

그 후 스님이 심원사를 떠나 삼악산 흥국사에 머물고 계실 때도 저는 스님과 함께 겨울을 보냈습니다. 그곳은 할머니, 할아버지도 함께 살고 계셨고, 반찬도 두 가지나 더 있어 심원사보다 훨씬 풍족했지요. 전기가 들어오지 않는 것은 여전했지만, 그래도 할아버지가 필요한 물품들을 지게로 날라주셨으니 호강스러운 생활이었습니다.

그때는 모든 것이 귀하고 소중하여 성냥 한 개비도 함부로 쓰지 않았지요. 근심을 풀어놓는 해우소解憂所의 휴지는 말할 것도 없고, 초 한 자루도 아껴야 했기에 날이 어두워지면 책 읽을 때나 촛불을 켰습니다. 그때도 스님은 저를 배려해 정작 당신은 메주를 띄우던 큰 방으로 건너가시고 스님 방을 제게 내주셨지요. 할아버지가 패주신 장작 덕에 스님이 내어주신 방은 새벽까지 방바닥이 따뜻했지만 위쪽 공기가 너무 차가워 코끝이 시릴 정도였습니다. 눈 내린 새벽이면 온통 은빛으로 변하던 깊은 산중, 큰 짐승의 발자국이 눈 위에 뚜벅뚜벅 흔적을 남겨놓던 그 겨울의 산중 풍경을 지금도 잊을 수가 없습니다.

스님은 그때도 오고 감에 미련 없이 모든 걸 훌쩍 버리고 떠나셨지요. 언제나 떠날 준비를 하시던 운수납자雲水衲子의 삶을 사신 스님. 걸림 없이 사는 수행자의 모습을 저는 스님을 통해 배웠습니다.

스님을 뵌 지 오랜 세월이 흘렀습니다. 이제 바람처럼 구름처럼 한곳에 매이지 않으시는 스님의 행방 알 길 없지만 스님은 언제나 그때의 그 성성하신 모습 그대로 제 마음속에 머물러 계십니다.

'하다 멈춰' 스님

누군가 요즘 세상을 파시스트적인 가속도가 붙은 세상이라고 하더군요. 느린 것을 경멸하고 빠른 것만을 선호하는 세상을 꼬집으려 그런 표현을 한 것 같습니다만, 실제로 요즘 세상이 더 많이, 더 빠르게 경제적 이익을 얻는 일에 삶의 모든 가치를 두고 있는 것만은 틀림없는 것 같습니다. 자기가 어디로 가는지조차 모르고 앞으로 앞으로만 질주하는 세상에서 행동이 굼뜨거나 느린 사람들은 시대에 뒤떨어진 존재로 소외되기 십상입니다.

외국의 한 스님이 이끄는 수행처에선 종소리가 나면 모든 사람이 하던 행동을 멈추고 코끝에 정신을 집중한다고 합니다. 자신의 호흡을 관찰하는 위파사나 수행에 뿌리를 둔 그런 수행법은 앞만 보고 달리느라 멈추는 방법을 잊어 버린 현대인에겐 상당히 요긴한 수행법이 되겠지요.

종소리가 나면 하던 일을 멈춘다는 이야기 끝에 떠오르는 스님이 있습니다. 종소리가 나지 않아도 그 스님은 자주 하던 일을 멈추었지요. 그런 스님이 재미있어 나는 스님에게 '하다 멈춰'란 별명을 지어줬습니다.

얼굴에 내리는 비, 구르는 천둥, 달리는 사슴, 동쪽에서 온 사람, 상처 입은 가슴……. 하나같이 자연스럽고 가슴에 와닿는 북미 원주민식 이름이 연상되는 그 '하다 멈춰'라는 별명의 주인공은 어느 날 갑자기 보따리 하나를 안고 나타났습니다. '하다 멈춰' 스님에겐 유일한 재산인 그 보따리 속에 뭐가 들어·있었는지는 기억에 없지만, 절에 사는 동안 스님이 하던 일은 대부분 청소 같은 허드렛일이었지요.

허드렛일이라고 해도 물론 만만한 일은 아니었습니다. 비질, 걸레질, 설거지, 빨래……. 끝도 없는 일이었지요. 그러나 그 많은 일을 다 해내기에 그 스님은 당연히 역부족이었습니다. 일을 하는 속도가 너무 느렸기 때문이지요. 스님과 친해지자 나는 그런 스님을 정말 무던히도 놀렸습니다. 그때 나는 한창 호기심 많은 나이여서, '하다 멈춰' 스님의 그

하다가 멈추는 동작이 재미있어 깔깔거리며 흉내도 많이 냈습니다.

'하다 멈춰' 스님은 어떤 행동을 하다가 갑자기 전기가 나간 기계처럼 그 동작을 멈추곤 했습니다. 입속으로 숟가락이 들어가는 찰나에 갑자기 뚝, 동작을 멈춘 채 숟가락을 물고 있는가 하면, 걸레를 들고 방을 닦다가도 갑자기 팔을 내뻗은 채 정지 상태로 있고, 걸어가다가도 얼어붙은 듯 그 자리에 서 있는 식이었습니다.

마치 정지된 화면 같은 그 모습을 처음 봤을 때 장난이라도 치는가 싶어 "밥 먹어요, 밥 먹어" 하며 흔들기도 했지요. 그러나 장난이 아니라는 것을 알고부터는 언제 저 숟가락이 입에서 빠져나오나 기다리게 되었습니다. 어떤 땐 화산 폭발로 멸망해버린 도시 폼페이를 떠올리기도 했지요. 들이닥친 용암에 덮여 모든 사람이 하던 동작 그대로 굳어버린 폼페이의 최후. 마지막 순간을 폼페이에서 맞았던 사람들처럼 '하다 멈춰' 스님 또한 완전히 멈춘 상태로 한 시간도 좋고 두 시간도 좋고, 고장 난 기계처럼 서 있곤 했습니다.

하던 동작을 멈추면 그 스님은 완전히 다른 세상에 가 있었습니다. 이야기를 하다가도 갑자기 눈을 내리뜨면 그때부터 딴 세상으로 빨려 들어갔지요. 몸뚱이가 있는 이쪽 세계에선 정지 상태이고, 의식이 가 있는 저편의 세계에선 뭔가 재미있는 일이 일어나고 있었을지도 모를 일입니다.

한 번도 그런 사람을 만난 경험이 없었던 나는 '하다 멈춰' 스님의 그런 모습이 신기하기도 하고 재미있기도 해서 자꾸 장난을 걸었지요. 정신이 돌아오면 그 스님은 흉내 내는 내가 귀엽다는 듯 빙긋이 웃곤 했습니다. 이제 갓 스무 살이던 나와 서른 초반의 '하다 멈춰' 스님은 그러면서 서로 가까워졌지요.

그 당시 대학생이던 나는 군인들을 상대로 법회를 하기 위해 전방부대를 쫓아다니고 있었습니다. 군인들과 함께 찬불가를 부르고 싶었지만 피아노를 살 수 없어 돈을 모아 기타를 하나 샀지요. 은사스님이 알면 중이 무슨 기타냐며 불호령이 떨어질 것 같아 법당 뒤에 기타를 숨겨두고 몰래몰래 연습했습니다.

기타를 가져가야 할 때는 빈손으로 은사스님께 인사만 드리고 밖으로 나가면 법당 뒤에 숨어 있던 '하다 멈춰' 스님이 담 너머로 기타를 넘겨주었습니다. 거기서부터는 대학생 하나가 군 법당까지 기타를 들어다 주곤 했지요. 지금도 마찬가지지만 승려가 기타를 들고 다니는 것을 곱게 봐줄 사람은 없었으니까요.

기타 솜씨가 늘자 조금씩 간이 커진 나는 은사스님이 외출한 틈을 타서 아예 방으로 기타를 들고 와 노래를 부르기 시작했습니다. 찬불가뿐 아니라 나중엔 가요와 동요, 가곡까지 불렀습니다. 하루는 학생들 사이에서 많이 불리던 〈친구〉라는 노래를 반복해서 부르며 익히고 있는데, '하다 멈춰' 스님이 다가와 말하더군요.

"정목스님, 왜 그렇게 슬픈 노래만 불러? 스님한테 어울리지도 않아. 밝고 재미있는 노래 좀 해봐."

슬픈 표정을 지은 채 나를 바라보던 '하다 멈춰' 스님을 향해 나는 깔깔 웃으며 말했지요.

"레코드가 제자리에서 맴도는 거야, 스님. 레코드 바늘이 스님처럼 돌아가다 멈추었나 봐."

속눈썹이 유난히 길고 눈이 예뻤던 그 스님은 피부도 하얗고 얼굴도 아름다웠습니다. 얼굴만큼이나 마음씨도 고왔던 그 스님은 하던 동작을 멈추는 것 외에 남에게 조금도 피해를 주는 일을 하지 않았지요. 어느 누구와도 다투는 일이 없었고, 소리 높여 말하는 법이 없었습니다. 누군가를 도와야 할 때는 소리 없이 도왔고, 온종일 걸레를 들고 다니며 방을 닦거나 청소를 하는 등 주어진 일에 충실했습니다.

바가지를 들고 물을 뜨다가 갑자기 멈춘 채 삼매에 빠져 있던 '하다 멈춰' 스님이 그리워질 때가 있습니다. 지금은 어디에 계시는지, 어디서 무슨 행동을 하다가 멈추고 있는지, 철없던 그때는 몰랐지만 그 스님 또한 마음속에서 울려 나오는 종소리를 듣고 코끝에 정신을 집중하고 있었던 것은 아닌가 생각될 때가 있습니다. 들이쉬고 내쉬는 호흡을 관찰하며 깨어 있기 위해 노력하고 있었던 건 아닌가 생각될 때가 있습니다.

빠르게 달려가기만 하고 멈추는 법을 모르는 사람들이 보면 이상하게 여길 '하다 멈춰' 스님을 떠올리며 나 또한 하던 일 놓아두고 멈춰 섭니다. 마음의 스위치를 내리고 그냥 그대로 불 꺼진 방 안에 서 있어 봅니다.

깨어 있기 위해 우린 가끔 멈출 필요가 있습니다. 멈춰서 자신을 살피며 습관적인 욕망을 지켜볼 필요가 있습니다. 배를 채우고 나면 맹수도 더 먹지를 않습니다. 썩어서 넘쳐 날지언정 더 많은 것을 쌓아두려고 욕심내는 동물은 인간밖에 없습니다. 지금 이 순간 멈춰 서서 왜 그렇게 바삐 가려 하는지, 왜 자꾸 가지기만 하고 놓으려 하지 않는지, 자신의 삶을 한 번쯤 돌아보십시오.

"왜 그렇게 슬픈 노래만 불러?" 하고 묻던 '하다 멈춰' 스

깨어 있기 위해
우린 가끔 멈출 필요가 있습니다.
지금 이 순간 멈춰 서서
왜 그렇게 바삐 가려 하는지,
왜 자꾸 가지기만 하고 놓으려 하지 않는지,
자신의 삶을 한 번쯤 돌아보십시오.

님의 말뜻을 이제야 알 것 같습니다. 지금 슬픔에 빠진 사람이라면 멈춰보십시오. 멈춰 서서 그 슬픔이 어디서 오는지, 슬픔을 만드는 자가 누구인지 지켜보기만 해도 그 슬픔에서 빠져나오게 될 것입니다. 들어오는 호흡과 나가는 호흡을 지켜보고 있는 동안 분주하던 마음이 조용히 가라앉게 될 것입니다.

길 없는 길

가을이면 떠오르는 스님이 있습니다. 그 스님 덕에 처음으로 귀뚜라미를 관찰하게 되었지요. 귀뚜라미가 그렇게 잘생겼다는 사실을 그때 처음 알았습니다. 그 자체로서 독립된 생명체 같던 더듬이와 멋지게 꺾어진 다리, 뒷다리 끝이 마치 새의 발가락처럼 세 갈래로 갈라져 있다는 것도 그때 처음 알았습니다. 알고 보니 귀뚜라미야말로 늘씬한 롱다리를 가진 멋쟁이였습니다.

방 안에 들어온 귀뚜라미를 내보내려고 가벼운 소동을 일으키던 우리에게 스님은 내보내려고 애쓰지만 말고 한번 자세히 관찰해보는 게 어떠냐고 말했습니다.

"귀뚜라미가 성가시다고 생각하는 것도 마음에 달렸지. 귀뚜라미는 저 스스로 바깥에 있다고 여길 것 같아, 안에 있다고 여길 것 같아? 안이니 밖이니 하는 것도 다 분별이지. 귀뚜라미는 안이니 밖이니 하는 생각이 없어. 내보내도 그건 인간의 마음이 그럴 뿐 그저 그 자리에 있는 거야. 다들 머릴 깎았어도 귀뚜라미보다 못하니, 원."

없을 무無 자에 인연 연緣 자였던가? 무연이란 법명을 썼던 그 스님은 기인이라면 기인이었고, 좋아하는 몇몇 사람들의 입에만 오르내리는 분이었습니다. "오래 머물면 정이 붙는다. 오래 머물면 게으름이 깃든다"라던 평소 말씀 그대로 그는 한곳에 붙박여 있지 않는 운수雲水였지요.

그 스님을 볼 때마다 나는 한 그루 고목을 떠올렸습니다. 비구니 스님이지만 여성스럽지 않고 강건했던 그는 언제나 떠날 준비가 되어 있었습니다. 눈이 오거나 비가 오거나 상관없이 산에서 잘 준비를 갖추고 있던 스님의 바랑 속은 한마디로 만물상이었습니다.

정진하는 시간 외엔 채마밭을 가꾸거나 약재로 쓸 산야초와 야생화를 찾아 산을 헤매고 다니던 스님은 특이한 등산가였고, 남다른 식견을 가진 약초 전문가이기도 했습니다. 내 인생에서 가장 행복했던 산행 역시 무연스님을 따라

간 산행이었지요.

스무 시간 가까이 내설악과 외설악 일대를 오르내리고도 지칠 줄 모르는 스님을 쫓아가느라 우린 꼭 특수훈련을 받는 기분이었습니다. 길도 아닌 곳을 헤치고 다니는가 하면, 계곡 쪽으로 걷다가 난데없이 낭떠러지 밑으로 밧줄을 타고 내려가기도 하면서 종횡무진 산을 가로지르다 보니 겁이 나기도 하고 힘도 빠져 그 당시엔 그만 산행을 포기하고 내려가고 싶었습니다.

밧줄 때문에 손바닥에 상처가 크게 생겨 돌아가자고 하자 "정말 아픈 것은 손바닥이 아니라 손바닥에 빼앗겨버린 네 마음이지. 아픈 것을 참고 견딜 수 있는 마음을 키우지 못하면 도는커녕 사바세계에서 살아가기도 힘들다. 가고 싶으면 너 혼자 돌아가거라" 하고 스님은 태연하게 말했습니다.

방향을 알 수 없는 산중에서 혼자 갈 수도 없었거니와 길 아닌 길로만 왔기에 돌아가려 해도 돌아갈 수 없는 형편이었지요. 할 수 없이 "그럼 이제 좀 길 같은 길로 가요, 스님" 했더니 "길이 따로 있는 것이 아니야. 네가 밟는 곳이 다 길이지" 하고 대꾸하시더군요. 나야 등산화라도 신고 있었지만 고무신을 신고도 날아갈 듯 앞장서는 스님 앞에서 나는 더 할 말이 없었습니다.

그런 나를 한동안 지켜보던 스님은 바랑을 뒤져 뭔가를 꺼내더니 상처 난 손에 발라주었습니다. 직접 만든 약이라는 그것은 골풀이라는 이름을 가진 야생초로 만든 것이었습니다. 유격대원 같은 그 산 타는 솜씨도 놀라웠지만 더욱 놀라웠던 건 산에서 자라는 나무와 야생화, 산야초에 대한 스님의 해박한 지식이었습니다.

다시 산을 타는 도중에 함께 갔던 도반이 벌에 쏘여 금방 눈언저리가 부어올랐습니다. 순식간에 일어난 일이라 나는 깜짝 놀라며 "무연스님, 큰일 났어요!" 하고 소리쳤지요. 그러나 이미 알고 있다는 듯 스님은 전혀 당황하는 기색도 없이 등산용 버너를 꺼내고, 씨앗 알갱이 같은 것들을 한 주먹 넣어 물을 끓이기 시작했습니다.

물이 다 끓자 달인 물은 마시게 하고, 익힌 씨앗은 잘게 씹어 부어오른 부위에 발랐습니다. 그러나 도반의 상태가 너무 심해 내가 "빨리 하산해 병원에 가야 하는 것 아닐까요?" 하고 걱정하자 스님은 여전히 "병원은 산 아래 있지 않고 마음 안에 있으니 걱정할 것 없다" 하시며 여유를 보일 뿐이었습니다.

"부처님이 사시던 당시 더운 나라인 그곳에는 수많은 맹독성 벌레들이 있었다. 병원까지 가는 것보다는 마음의 병

51

원에 의지하는 것이 더 빠를 것이다. 인스턴트 문화가 자리 잡은 서양에선 고통도 진통제나 환각제를 사용해 빨리 벗어나는 것을 좋아하지만, 뭔가를 참는 성품 하나만 길러도 이생에서의 우리 삶은 성공일 거야. 마음을 진정시키면 몸도 따라 차분해진다."

스님이 시키는 대로 도반과 나는 숨을 천천히 들이쉬고 내쉬었습니다. 도반은 걱정하던 마음이 사라지자 통증이 훨씬 줄었다고 하더군요.

그 비슷한 경우를 영화에서 본 적이 있습니다. 독이 퍼져 몸이 마비되기 시작한 여인이 '이제 내일 아침을 맞이할 수 없겠구나' 하는 생각으로 몸속에 있는 독을 향해 말을 건네던 그 장면은 실제로 일어난 일을 영화로 만든 거였지요.

"제발 더 이상 다른 곳으로 퍼져나가지 마라. 네가 원한다면 그 속에서 살아도 좋아. 하지만 더 이상 퍼져나가 내 생명을 빼앗지는 마라. 나도 너를 몰아내거나 방해하지 않을게. 우리 서로를 괴롭히지 말고 잘 지냈으면 좋겠다."

모든 걸 그저 일어나는 대로 받아들이겠다는 생각을 한 여인은 독을 향해 낮은 목소리로 속삭이다 그대로 잠이 들었는데, 다음 날 아침에 창문 사이로 비쳐오는 햇살을 보고 자신이 살았다는 사실을 깨닫게 됩니다. 그 후 여인은 모든 걸 버리고 인도로 떠나고, 거기서 스승을 만나 새로운 삶을 살게 되지요.

산야초를 채취할 때마다 무연스님은 작은 소리로 풀들에게 "고맙다, 고맙다" 하며 인사를 하시더군요. 스님이 산야초와 야생화에 관심을 가지게 된 것은 열 살 되던 해부터라고 합니다.

"6·25 때 피난을 갔는데 거기서 아기를 낳고 출혈이 멈추지 않아 다 죽게 된 여자를 보게 되었어. 그때 노스님 한 분이 무슨 풀을 가지고 치료를 하니까 며칠 만에 그 여인이 살아났지. 그때 나는 들에 피어 있는 풀을 먹고 사람이 살아나는 것이 너무 신기해 관심을 갖기 시작했어. 풀과 나무에겐 배울 것이 너무 많아. 뿌리부터 줄기, 잎사귀까지 자신의 모든 것을 헌신하는 그들의 삶이 내게 많은 감동을 주었지. 독성이 있는 풀을 실험하다가 몇 번 죽을 고비를 넘기기도 했지만."

어혈이나 중풍에 쓰는 하눌타리, 동상이나 화상에 쓰는 바위취, 신장염에 좋은 자리공, 지혈에 사용되는 부처손 등 모두 무연스님에게 들은 기억이 나는 이름입니다.

"오래 머물면 정이 붙는다, 오래 머물면 게으름이 깃든다"라고 하던 자신의 말을 지키기 위해선지 어느 날 무연스님은 홀연 세상을 떠났습니다. "길이 따로 있는 게 아니야. 네가 밟는 곳이 다 길이지" 하던 말대로 스님은 앞장서서 길 없는 길을 가시고 싶었나 봅니다.

한때 바깥으로 몰아내려고 애쓰던 귀뚜라미를 관찰하며 이 가을, 그렇게 무연스님 생각을 해봅니다. 어디가 안인지 어디가 바깥인지 구별할 수 없는 세월이 물처럼 흐른 뒤 스님과 함께 촛불 밝혀 들고 걷던 밤 산을 다시 타게 될지도 모를 일입니다. 불길처럼 단풍이 활활 타오르는 날이면 외설악에서 내설악까지 스님 생각을 하며 한번 걸어보고 싶습니다.

첫 법문

인간이 하나의 파동이라는 사실은 구태여 양자물리학을 들먹이지 않더라도 이미 상식이 된 세상입니다. 따라서 인간은 각자가 내는 파동이 다르니 그 파동을 통해 타인에게 이해되고, 타인을 받아들이고, 때로는 배척하거나 배척당하기도 하는 것이지요.

어떤 집단에서 잘 어울리지 못하거나 유난히 튀거나 별난 행동을 하는 사람을 두고 우리는 흔히 주파수가 다른 사람이란 표현을 하지만 인간이 하나의 파동이라는 사실에 비추어 그 표현은 틀린 말이 아닙니다. 주파수가 다른 사람은 배척하고 주파수가 같은 사람은 끌어당기는 것은 어쩌면 인지상정이기도 합니다.

그러나 우주적인 차원에서 보면 서로가 완전히 다른 별개의 파동은 없습니다. 지금 내가 배척하는 사람 또한 가만히 들여다보면 행복을 원하고 고통을 피하고 싶어 하는, 나와 너무나 유사한 속성을 지니고 있다는 사실을 알 수 있습니다. 알고 보면 우리는 하나하나 낱개로 떨어져 있는 존재 같지만 사실은 서로 다르지 않은 불이不二의 존재이기 때문입니다. 우리는 각자가 다른 파동을 내는 고유한 존재이면서 또한 서로서로 어울려 살아가야 하는 조화의 존재이기도 하지요.

따라서 내가 누군가 타인을 배척하는 것은 나 스스로를 배척하는 것과 다르지 않습니다. 나와 파동이 다른 사람, 주파수가 다른 사람을 다르다는 이유만으로 무작정 배척하기보다 그 존재를 있는 그대로의 모습으로 이해하고 받아들이는 것이 불이정신에 깃든 또 다른 의미이기도 합니다.

특히 많은 사람과 함께 생활하는 공간에선 불이의 의미를 현대적인 뜻으로 새롭게 해석해서 주파수가 다른 그 어떤 사람이라도 수용하고, 타인의 잘못에 관용을 베푸는 자비의 마음을 배워야 하지 않을까요? 우주는 완벽한 조화 속에 돌아가고 있고, 불교의 진리 또한 넘치지도 모자라지도 않는 완전한 조화를 토대로 하고 있기 때문입니다.

10년 전만 돌아봐도 세상은 참 많이도 바뀌었습니다. 인터넷 등 미디어나 과학이 무서운 속도로 발전하는 만큼 인류의 의식 또한 크게 발전했습니다. 인터넷이나 스마트폰을 통해 우리는 과거 천안통天眼通이니 천이통天耳通이니 하는 초월적인 능력이 열려야 접할 수 있던 일들을 실시간으로 접하고 있지요. 내 몸이 가닿을 수 없는 먼 곳의 현실까지 파악할 수 있으니 이것이야말로 천안통이며 천이통이라고 말할 수 있을 것입니다.

물론 먼 곳에서 일어나는 일들을 실시간으로 보고 듣는다고 해서 마음의 문까지 따라서 열리는 것은 아닙니다. 과거에는 꿈도 꿀 수 없었던 그런 신통한 일들이 바로 나 자신에게 일어난다고 해도 내가 가지고 있는 생각이 구시대의 틀에서 벗어나지 못하고 있다면 그것은 단순한 기계의 발달일 뿐이지 인류 의식이 발전했다고는 할 수 없지요. 그러나 그런 기계의 발달이 인류의 의식 변화에 커다란 영향을 미쳤고, 그 변화를 따라 진리를 전하는 수단과 방법에도 커다란 변화가 필요하다는 사실만은 누구도 부인할 수 없는 현실입니다.

제가 열여섯 살의 어린 나이로 출가했을 때 일입니다.

그 당시 해인사 삼선암에 계시던 성문 노스님께서는 삭발한 저를 보시더니 손을 꼭 잡아주시며 "너는 훌륭한 법사가 되어라, 먼 미래에는 많은 사람들이 부처님 법에 대해 한마디 듣기만 하여도 마음이 열리는 시대가 올 것이다"라는 말씀을 하셨습니다.

일생을 선승으로 살아오신 노스님께서 참선을 열심히 하는 선객이 되라는 말씀에 앞서 법사가 되라고 하신 이유가 무엇인지, 스님의 그 말씀을 들은 저는 그 당시 법사가 뭘 하는 사람인지도 모르면서 그렇게 하겠다고 대답했습니다.

돌이켜보면, 그것이 뭔지도 모르면서 노스님 말씀을 좇아 훌륭한 법사가 되겠다는 발원을 하게 된 것이 지금까지의 내 삶에 이정표가 되었던 것 같습니다.

그 뒤, 노스님의 조언에 이어 나에게 법사의 길을 걷게 만든 또 다른 사건이 있었는데, 출가 후 처음 맞은 부처님 오신 날에 은사스님은 내게 상단 법문을 하라고 하셨습니다. 이제 겨우 열여섯 살밖에 안 된 어린아이에게 수백 명 대중 앞에서 초파일 법문을 하라니 지금 와서 생각해도 그것은 커다란 파격이었습니다.

무슨 법문을 어떻게 해야 할지 밤새 고심하다가 빈자의

일등에 관한 이야기를 법문 주제로 정하고 가난한 여인의 꺼지지 않는 등불처럼 나 또한 목숨이 꺼지는 그날까지 부처님 법을 잇는 등불로 살아가겠다는 발원 내용을 원고로 작성해 가져갔습니다. 그러자 은사스님은 법상에 오른 것처럼 그 자리에서 시범을 보여보라고 주문하셨지요. 스님 앞에서 저는 서툴게 법문을 시작했고, 그런 저를 바라보던 은사스님은 법문의 내용뿐 아니라 설법할 때의 손짓과 몸짓, 법상 아래 앉아서 법문을 듣고 있는 신도들과 눈빛으로 교감하는 방법까지 자세히 지도해주셨습니다.

지금에 와서 생각해보면 스님은 마치 방송국의 PD와 같은 역할을 하셨던 셈인데, 그때 은사스님의 그런 역할이 얼마나 시대를 앞서가는 일이었던지 스님의 혜안이 새삼 놀랍기만 할 뿐입니다.

그때 그 자리는 비록 높은 사자좌가 아닌 일상적인 탁자와 의자에 앉아 했던 법문이었지만 내게는 높은 법상 못지않았습니다. 어린 사미니의 첫 법문이 훌륭했다 해도 얼마나 훌륭했겠습니까만 그것이 설령 깨달음의 법문은 되지 못했을지언정 수행자로서 한생을 살아가겠다고 서원한 한 어린 영혼이 진리의 세상에 첫발을 내딛는 순수한 의식이나 다름없었고 그 순간부터 평생 수많은 장소에서 대중을 상대로 설법을 하는 법사로서의 제 꿈은 영글어갔다고 해야 할 것입니다.

나비의 작은 날갯짓 하나가 바다를 건너면서 태풍으로 확대되는 '나비 효과'처럼 하나의 파동으로 시작된 우리의 생각 또한 처음에는 나비의 날갯짓에 불과하지만 커지면서 위대한 창조의 힘으로 작용합니다.

세상에 생각 없이 창조되는 것은 아무것도 없습니다. 우리가 품는 생각 하나가 바로 물질을 만들어내며 때로 우리의 운명까지 좌지우지하게 되는 에너지라는 것이지요.

개미에게 시주한 꿀

제가 있는 선다암은 바닥 면적이 스무 평 정도 되는 작은 암자입니다. 그러나 좁고 가파른 오르막길을 올라와야 하는 이곳이 제겐 결코 작게 느껴지지 않습니다. 창밖으로 북한산 보현봉이 한눈에 들어오고, 흘러내리는 인왕산 자락이 펼쳐놓은 천연의 숲을 후원인 양 쓰고 있는 제 방 또한 비록 두 평밖에 안 되지만 방 안 가득 달빛을 들여놓을 수 있어 좋습니다.

눈 오는 날이면 멀리서 마치 히말라야처럼 펼쳐지는 북한산의 설경을 보기 위해 저는 종종 철안스님이 구해준 망원경을 눈에 대곤 합니다. 망원경을 눈에 대고 그렇게 히말라야를 상상하며 추억에 젖곤 하지요.

몇 해 전 티베트의 포탈라궁에 갔을 때 해발 3,800미터에 들어앉은 궁전 꼭대기에서 어린 달라이 라마가 망원경으로 라싸 시가지를 내려다보곤 했다는 이야기를 들은 적이 있습니다. 어느 날 갑자기 환생한 법왕으로 선발되어 부모 품을 떠나와야 했던 어린 달라이 라마가 또래 친구도 없는 넓은 궁전에서 얼마나 고독했을지…….

산동네에서도 가장 꼭대기 집인 선다암에서 내려다보이는 풍경으론 오래된 대추나무와 후박나무, 모과나무들이 눈길을 끕니다. 가을에 조롱조롱 달리는 대추나 모과 열매도 보기 좋지만, 나무 못지않게 나무를 찾아오는 새들 또한 경쾌한 몸놀림과 아름다운 소리로 시선을 끕니다.

재재재재, 삐리릭삐리릭, 자기들끼리 주고받는 이야기에 빠져 멀리서 누가 자신들을 지켜보고 있는 줄도 모르는 새들을 불러 모으려고 묵은 곡식을 한 움큼 집어 담장 위에 뿌려놓습니다.

그러나 새들은 쉽게 담장 위로 내려앉지 않고 주변을 빙빙 돌기만 합니다. 소심하게 앉을 듯하다가 눈치를 보고, 앉을 듯하다가 눈치를 봅니다. 새들이 그렇게 의심이 많은 줄 처음으로 알았습니다. 어느새 우리는 새들에게까지 그렇게 인심을 잃었구나 하는 생각이 들자 가슴이 찡해졌습니다. 떼거리로 몰려다니며 주변을 빙빙 돌거나 멀찌감치 앉아서 큰소리로 찍찍거릴 뿐 가까이 접근하지 않는 새들. 친구도 불러오고 가족도 데려오고 하여 새들이 일으키는 소동으로 암자는 갑자기 적막에서 벗어납니다.

어린 시절 할머니와 할아버지에 얽힌 추억이 삶에서 큰 몫을 차지하듯 절집에 있어 보면 노스님에 대한 추억이 큰 자리를 차지합니다. 저 또한 나무나 새, 하찮게 여겨지는 벌레 하나도 소중하게 여기는 마음을 노스님들에게서 배웠습니다.

어린 시절 어느 날, 저녁 예불을 마치고 나와 보니 그날따라 유난히 긴 개미 떼의 행렬이 눈에 띄었습니다. 그렇게 많은 개미가 한꺼번에 열을 지어 가는 모습은 본 적이 없었기에 넋을 잃고 지켜보았는데 그들은 먹을 것을 끌고 어디론가 열심히 운반하는 중이었습니다. 그 가운데 자기 몸집의 몇 배나 되는 큰 빵 조각을 비틀거리며 옮기고 있는 개미를 발견하는 순간 장난기가 발동해 빵 조각을 빼앗아버렸습니다.

갑자기 물고 가던 빵 조각을 빼앗겨버린 개미는 제자리를 뱅뱅 돌며 먹이를 찾다가 나중엔 거의 미칠 것 같아 하는 눈치였습니다. 안절부절못하는 개미가 재미있어 킥킥거리며 즐거워하는 제게 노스님이 호통을 치셨습니다.

"어서 그 개미의 먹이를 도로 돌려줘라. 비록 미물이라도 느낌이 있고 감정이 있거늘 힘이 센 자가 약자를 놀리고 괴롭히면 과보果報를 받는다. 힘 있는 자가 힘을 갖춘 이유는 약한 자를 보호하기 위해서다. 그들이 나아가는 길을 막으면 네가 나아가는 길도 막히고 그들의 먹이를 빼앗으면 네 것도 빼앗긴다. 모든 생명은 서로 연결되어 있으니 힘 있는 자가 약자를 보호하고 보살펴야 한다. 인간에겐 장난일지 모르지만 말 못 하는 미물에겐 생사를 가르는 일이 되는 것이니 법복을 입은 자가 남을 괴롭히는 장난을 해서는 안 된다. 내 방에 가면 벽장에 꿀병이 있으니 그 개미에게 사과하는 뜻으로 개미집 앞에 꿀 한 숟가락을 떠주거라."

그날 노스님 말씀에 감동받은 저는 진심으로 개미에게 사과했습니다. 꿀 한 숟가락을 시주한 그날 이후 모든 사물과 생명을 바라보는 내 마음에 큰 변화가 생겼지요. 어쩌다 새가 발가락을 다쳐 절룩거리거나, 강아지가 다쳐서 피를 흘리거나 하는 모습을 볼 때 가슴 깊은 곳에서 슬픔이 밀려오고, 내 몸이 저리고 아파옵니다. 약 한 번 못 쓰고, 병원도 못 가는 미물들의 아픔이야말로 고통 중의 고통입니다.

가뭄에 꽃과 나무 잎사귀들이 타들어 가는 것을 볼 때도 마음이 아픕니다. 잔인한 인간의 욕심 때문에 말 한마디 못 하고 죽어가는 야생동물들을 보면 그들의 고통이 뼛속을 뚫고 들어와 종일 입맛도 없고 잠도 오지 않습니다.

억수같이 비가 쏟아지는 날, 개미들은 어디로 피신했는지, 새들은 어디서 비를 피하는지, 집 없는 고양이들은 어느 바위틈을 의지하고 있는지, 말 못 하는 미물들이 인간을 두려워하지 않고 함께 살 수 있는 날이 언제나 오게 되는지…….

환속

한 번도 환속을 생각해보지 않았다고 하면 믿으실 텐가요? 함께 승복을 입고 살다가 다시 세상으로 나가는 도반이 없진 않지요. 가정을 이루고 살아가는 그들 소식을 가끔 접하기도 합니다. 더러는 환속한 뒤에도 절 주변을 떠나지 못하고 그 언저리를 맴도는 사람이 있습니다. 이제는 산문을 떠난 그들을 보며 나 또한 환속하면 저렇게 살게 되겠지, 생각할 때도 있습니다.

환속을 결심한 도반과 만난 날은 생각에 잠기게 됩니다. 지금은 결혼해서 사는 한 도반이 생각나는군요. 환속을 결심한 그는 마지막으로 내게 전화를 해왔지요. 그는 그다지 모나게 살던 사람이 아니었습니다. 중노릇도 잘할 것 같았고, 주위의 평판도 좋았기에 전화를 받고 나는 고개를 갸우뚱거렸지요. 그러나 나가겠다는 결심을 한 그를 말릴 수는 없었습니다. 자신이 원해 머리를 깎았던 만큼 환속 또한 자신이 결정해야 하는 일이니까요. 나는 다만 그의 이야기에 가만히 귀 기울일 수밖에 없었습니다.

"날 스님이라 부르는 것은 이게 마지막이네. 다음에 만날 땐 스님이 아니니까 속명俗名을 불러줘."

속명을 불러달라고 했지만 난 사실 그 도반이 출가하기 전 무슨 이름으로 불렸는지 모릅니다. 도반 또한 출가하기 전 내 이름을 모르지요. 황량한 마음을 감추려고 그렇게 말했을 뿐 서로가 그런 사실을 모르고 있었던 건 아닙니다.

절집에 사는 사람들이라면 그건 하나의 불문율 같은 것이지요. 출가하기 전 그가 무엇을 하던 사람이며, 어떤 집안의 자식인지, 왜 출가하게 되었는지에 대해서 궁금하게 여기는 사람은 없습니다. 불명으로만 부르다가 서로의 이름을 알게 되면 왠지 웃음부터 나오더군요. 삭발한 머리에 승복을 입은 스님들을 향해 옥분아, 덕자야 하고 부른다고 상상해보십시오. 어느새 우리는 입고 있는 옷에 걸맞은 이름으로 살았나 봅니다.

옛날 어른들이 "얼굴 가지고 오너라, 이름 지어주마" 하시던 말씀은 지어놓고 보면 얼굴과 이름이 일치하는 것 같아 그랬던 것 같습니다. 주위를 둘러봐도 정말 영자는 꼭 영자 같고 옥분이는 옥분이 같지 않습니까? 그러나 자기에게 꼭 맞는 것 같던 이름도 한동안 쓰지 않으면 생소해지게 마련입니다. "얼굴 가지고 오너라, 이름 지어주마"라는 말도 사실은 얼굴과 이름이 처음부터 일치해서 그런 것이 아니라 자꾸 부르는 동안 익숙해져서 자기 것이 된 것이지요.

성지 순례를 떠날 때 있었던 일입니다. 공항에 나가자 여행사 직원이 이름을 부르며 여권을 나눠주더군요. 여권 겉표지에 미리 스티커로 붙여둔 이름을 부르면 당사자가 받아가는 식이었는데, 갑자기 "김복순 님, 김복순 님!" 하고 불렀지만 대답하는 이가 없었습니다.

"화장실에 간 신도분인가 봐요."

누군가 그렇게 대답했지요. 스님과 신도들이 함께 가는 단체 여행이었고, 스님 중엔 아무도 화장실에 간 분이 없어서 그렇게 대답했나 봅니다. 그러나 여권의 주인은 화장실에 간 신도가 아니라 그 자리에 있던 스님 중 한 분이었습니다.

대답하는 사람이 없자 다시 한번 사진을 확인한 뒤 여행사 직원이 한 스님을 향해 다가갔지요.

"스님, 이거 스님 여권인데 왜 불러도 대답을 하지 않으십니까?"

그때까지 그 스님은 김복순이 자기 이름이라는 것을 깨닫지 못하고 있었습니다. 그도 그럴 것이 동진 출가(어릴 때 출가하는 것)한 이후 50년 가까운 세월 동안 속명을 사용하지 않다 보니 예전 이름이 생소했던 것입니다.

"김복순이? 내가 김복순이여?" 하고 되묻는 스님을 보며 그 자리에 있던 사람들 모두가 박장대소를 했지요. 그 스님뿐 아니라 나 역시 그런 경험이 있습니다. 관공서나 병원 같은 곳에서 주민등록증에 기재된 속명을 부르면 이름이 호명된 줄도 모르고 앉아 있다가 순서를 놓치기도 합니다.

스님들이 많이 모여 사는 절에선 어쩌다 속명으로 우편물이 오면 이름을 몰라 찾아주지 못하는 경우도 있고, 전화를 걸어온 사람이 속명을 대며 스님을 찾으면 "그런 사람 없습니다" 하고 끊어버려 낭패를 보는 경우도 없지 않습니다.

결혼을 한 뒤 많은 여성이 무슨 무슨 댁이나, 누구누구 엄마로 불리듯 출가를 하는 순간 스님들도 예전 이름을 잃어버립니다. 그러나 이름이란 사실 붙이기 나름이지요. 장미에다 누가 장미라는 이름을 붙이기 전에 국화라는 이름을 붙였다면 장미는 아마 장미보다 국화라는 이름이 자연스러 웠겠지요.

"꽃이라 불러주기 전엔 다만 하나의 몸짓에 지나지 않았 다"라는 시구절처럼 우리도 모두 영자니, 옥분이니 하고 부 르기 전엔 하나의 몸짓, 하나의 텅 빈 존재였을 뿐입니다. 이름을 부르는 순간 비로소 영자와 옥분이가 된 우리는 자 기를 선택한 이름 뒤에 숨어 한생을 살아갑니다. 어쩌면 출 가도 환속도 그런 것 아닐까요? 출가라는 이름, 환속이라는 이름을 붙이기 전에 그것들은 다 삶의 한길, 인생의 한길 아 니었을까요?

"진리의 길에 승과 속이 따로 있을까? 환속이란 말도 꼭 맞는 말은 아니야. 속세로 돌아간다는데 언젠 우리가 속세 에 살지 않았던가? 진리의 길이 두 가지가 아니고 승과 속 이 따로가 아니라면 속세 또한 따로 있는 건 아니지. 진정한 출가는 어쩌면 마음으로 하는 출가일지도 몰라."

위로인지 충고인지, 환속을 결심한 도반에게 그런 말을 했던 건 떠나는 도반이 왠지 나에게 미안함이나 계면쩍음 같은 것을 가지고 있었기 때문입니다. 그는 아마 초발심初發 心을 잃고 도중하차하는 자신이 송구스러웠던 모양이지요.

그러나 어떤 의미에서 우리는 하루에도 몇 번씩 환속과

출가를 반복하고 있습니다. 순간순간 수행자로서의 나를 놓쳐버렸다가 다시 돌아오고, 나태에 빠져 또다시 자신을 잃어버렸다가 돌아오고를 반복하며 한 걸음 한 걸음 나아가고 있습니다.

반복되는 삶에 길들어 진리를 찾던 초발심은 잃어버리고 승려라는 이름만으로 자족하는 일상이라면, 누군가의 환속은 스스로를 성찰하도록 하는 일대 사건일 수 있습니다. 살아가면서 한 번도 죽음을 생각해보지 않은 사람이 있을까요? 살아가면서 또 한 번도 환속을 생각해보지 않은 승려가 있을까요?

어디서 "정목아!" 하고 부르는 소리가 들리는 것 같아 바깥을 내다봅니다. 아직 새벽은 멀고 사방은 깜깜합니다. 처음 머리를 밀던 삭도의 느낌이 아직도 선명하게 살갗에 남아 있는 것 같습니다. 창문을 열자 어둠 속에 서 있는 석등이 막 머리 깎은 사미니처럼 불빛을 받고 있습니다.

돌담에 어울릴 것이라며 당신 집의 석등을 선뜻 옮겨다 심어준 어느 보살님 생각을 해봅니다. 석등에 켜진 불처럼 세상을 밝히는 수행자가 되라는 그 마음 새기며 나는 천천히 바깥으로 나갑니다. 바람이 부는지 처마 끝에 달린 풍경이 땡그랑땡그랑 흔들리고 있습니다.

풍경에 물고기를 매달아놓은 이유는 잠자지 말고 정진하라는 뜻입니다. 물고기는 밤에도 눈을 뜨고 있으니까요. 그 뜻을 생각하며 한참 동안 풍경 소리를 들었습니다.

두 걸음

✕

부드러움의
힘

아름답게 나이 들어가는 일

《인생의 사계절》이라는 책을 읽은 적이 있습니다. 계절로 따지자면 우리는 지금 어느 계절에 와 있는 걸까요?

나이 들수록 아름다워지는 사람을 만나기도 쉽지 않습니다. 칠순을 바라보거나 이미 칠순을 넘긴 사람들이 아직도 욕망에 사로잡혀 이전투구하는 정치판만 봐도 그렇습니다. 정치판뿐 아니라 세상엔 그런 이들이 아주 많은 것 같습니다.

사람들은 대부분 가질수록 더 가지고 싶어 하고, 얻을수록 더 얻고 싶어 합니다. 재물뿐 아니라 명예도 마찬가지지요. 교수는 학장이 되고 싶어 하고, 학장이 된 사람은 총장이 되고 싶어 하고, 총장이 된 사람은 또 장관이 되고 싶어 하더군요. 총리가 되고 싶어 하는 사람들은 대중 앞에서 지금까지 쌓아놓은 자신의 명예를 속속들이 검증당하는 일까지 마다하지 않는 재미있는 세상입니다.

흔히 사람들은 돈이란 천박한 것이고, 명예는 가치 있는 것이라 여깁니다. 그러나 돈이건 명예건 욕망을 통해 쌓아올렸다면 다 천박한 것입니다. 명예를 얻기 위해 돈 주고 상賞을 사는 사람을 보면 그 상이 세속적으로 어떤 권위를 가지건 한 편의 코미디 같아 웃음만 나옵니다.

상과 관련하여 얼마 전 저는 아름다운 장면을 보았습니다. 받은 상금을 한 푼도 남김없이 사회에 되돌려놓는 그날의 행사를 보며 저는 정직하게 사는 삶이란 욕심을 내려놓는 삶이란 것을 다시 한번 확인했지요. 상의 권위 역시 상 자체에 있는 것이 아니라 받아 마땅한 사람이 받았을 때 서는 것입니다. 그날 상을 받은 주인공이 남긴 말 가운데 "자비란 나와 타인이 다르다는 사실을 인정하고 받아들이는 것"이라는 말이 인상 깊었습니다.

욕심을 내려놓는다는 표현을 했지만, 욕심을 내려놓기란 사실 쉽지 않은 일입니다. 가질 만큼 가지고 나면 내려놓을 것 같지만 오히려 더 내려놓지 못하는 경우가 흔합니다. 충분히 가지고 있으면서도 더 가지려고 안달하는 사람이 우리 주위엔 많습니다.

비운다, 비운다 하면서도 마음을 비우지 못하는 사람, 모든 걸 내려놓겠다고 하면서도 그러지 못하는 사람들은 말과 달리 욕망에 붙잡혀 있는 사람들입니다.

욕망에 관한 일화 가운데 디오게네스와 알렉산더대왕에 얽힌 이야기가 있습니다.

군대를 이끌고 전쟁터로 가던 알렉산더대왕이 디오게네스를 만났지요. 햇볕을 쬐고 있던 디오게네스가 말에서 내린 대왕을 향해 물었습니다.

"대왕이여, 지금 어디서 오십니까?"

"막 왕궁에서 나왔소."

자신을 존경하는 알렉산더를 깨우치고자 디오게네스는 다시 질문을 던지지요.

"그렇다면 이제 어디로 가실 겁니까?"

"세계를 정복하러 갈 것이오."

"세계를 정복한다고요?"

"그렇소. 군대를 이끌고 세계를 정복할 생각이오."

당당하게 대답하는 알렉산더에게 또다시 디오게네스가 물었습니다.

"세계는 지난번에 이미 정복하시지 않았나요?"

"그때와는 다른 곳이오. 이번엔 인도로 갈 것이오."

"그럼 인도에 갔다 오신 다음엔 뭘 하실 작정입니까?"

전쟁이 끝난 뒤엔 뭘 하겠느냐는 디오게네스의 질문에 알렉산더는 망설이지 않고 대답했지요.

"그야 쉬어야지요. 편히 쉴 겁니다."

그 말을 기다렸다는 듯 디오게네스가 방긋이 웃으며 말했습니다.

"대왕은 결코 쉴 수 없을 것입니다. 지금 이 순간 쉬지 못하는 사람은 영원히 쉬지 못합니다. 욕망은 쉬지 않고 끝없이 굴러가는 것이니까요."

디오게네스의 예언대로 알렉산더는 쉬지 못했습니다. 쉴 틈도 없이 여정 중에 목숨을 잃었으니까요. 그러나 죽음의 순간 깨달음을 얻었던지 대왕은 관 밖으로 자신의 양손을 내어놓도록 했습니다. 세상을 정복한 알렉산더도 갈 때는 빈손으로 간다는 것을 세상 모든 이에게 보여주려 한 것입니다.

정복을 위해 여정을 계속한 알렉산더처럼 내려놓는다, 내려놓는다 하면서 여전히 붙들고 있는 사람은 영원히 내려놓지 못할 것입니다. 비운다, 비운다 하면서도 비우지 못하는 사람 역시 영원히 비우지 못하고 더 채우려 할 것입니다. 관

밖으로 빈손을 내어놓고 간 알렉산더처럼 지금 이 순간 만약 죽음을 맞이한다면 그땐 욕망을 내려놓을 수 있을까요?

가깝게 지내는 거사님 중 한 해의 대부분을 해외 출장으로 보내는 분이 있습니다. 이분이 어느 날 미국으로 가는 비행기 안에서 위급한 상황을 겪게 되었습니다. 승무원들이 허둥대고 비상벨이 울리고 다급하게 안내방송이 들리자 사람들은 순식간에 공포에 휩싸였습니다. 비행기가 금세라도 추락할 듯 요동치며 밑으로 곤두박질쳐서 그야말로 생사의 갈림길을 오갔는데 그런 상태는 한동안 계속되었지요.

"어차피 비행기가 떨어질 거라면 불안해해도 떨어질 것이고, 불안해하지 않아도 떨어질 것이니 죽을 바엔 마음 편하게 죽읍시다."

어쩔 줄 몰라 하는 부인에게 그렇게 말한 뒤 거사님은 곧 잠을 청했습니다. 스스로 후회 없는 인생이라 정리하고 상황을 선뜻 받아들이자 마음이 금세 평안해졌고, 매달려 있던 것들을 던져버리자 모든 게 가벼워지며 그 소동 속에서 스르르 잠까지 오더라고 하더군요. 그 이야길 듣던 저는 그분의 평소 성품이 그대로 드러나는 것 같아 빙그레 웃었지요.

생에 대한 집착을 놓아버릴 수만 있다면 더 이상 두려울 게 뭐가 있겠습니까. 매 순간 죽음을 받아들일 수만 있다면

아름답게 나이 들어가는 모습도
결국은 자신이 만드는 것이지요.
제가 만난 아름다운 사람들 가운데
뭔가를 더 얻으려 집착하는 사람은 없었습니다.
가진 것 없어도 얻지 못해
안달하는 사람도 없었습니다.
복잡한 마음 내려놓고
잠시라도 쉴 수 있는 사람이 아름답습니다.

정말 아무것도 두려울 게 없을 겁니다.

나는 지금 어느 계절에 와 있는가를 생각하며 돌아보니 제 주위엔 아름답게 늙어가는 분이 많습니다. 살면서 참 아름다운 분을 많이 만난 것 같습니다. 아름답게 나이 들어가는 모습도 결국은 자신이 만드는 것이지요. 제가 만난 아름다운 사람들 가운데 뭔가를 더 얻으려 집착하는 사람은 없었습니다. 가진 것 없어도 얻지 못해 안달하는 사람도 없었습니다.

설령 욕망에 끌려가는 한순간이 있었다 하더라도 찰나에 내려놓을 수 있는 사람은 아름답습니다. 복잡한 마음 내려놓고 잠시라도 쉴 수 있는 사람이 아름답습니다. 끝없는 욕망에 이끌려 휴식하지 못한 알렉산더대왕처럼 지금 이 순간 비울 수 없는 사람은 영원히 비울 수 없는 사람입니다.

'맛나다' 스님

처음 만났을 때와 달리 어딘가 우울해 보이던 모습이 떠오르는군요. 세상을 살아가는 데 가장 힘든 것이 인간관계인 것 같다던 말, 이해됩니다. 사회생활을 막 시작했으니 부딪힐 일도 많고 겪어야 할 일도 많겠지요. 학생 신분으로 있을 때는 용납되던 것이 사회에 나가서는 그렇지 않은 것도 있을 것이고, 지금까지 보지 못했던 부조리한 것들이 새롭게 눈에 들어올 수도 있겠지요.

하나같이 왜 그렇게 교활하거나 비굴한 사람이 많은가 하고 분개했는데 그것 또한 그렇게 느껴질 수 있습니다. 세상 모든 것이 부조리한 것 같다는 말도 틀린 말이 아니고요.

어떻게 보면 세상은 모순투성이인 채로 굴러갑니다. 정직한 사람은 소외되고 부정직한 사람이 득세하는 사회, 자신의 일을 묵묵히 하는 사람은 인정받지 못하고 기회주의자가 대접받는 사회……. 멀리 갈 것도 없이 정치판만 봐도 알수 있지요. 온갖 부조리의 온상 같은 그 세계야말로 우리 시대 모순의 결정판 같지 않습니까?

우리 같은 사람이 어떻게 그런 이들과 섞여 살 수 있겠습니까. 그런 부류의 사람들과는 섞여서 살 수가 없지요. 조작하고 속이고 은폐하고……. 참으로 가관인 그들 삶의 방식을 받아들일 수 있는 사람은 많지 않습니다.

그러나 그런 사람들 또한 개인적으로 만나게 되면 이야기가 좀 달라집니다. 가정을 가진 한 인간으로서 만나게 되는 그들은 누구보다 건전한 사고방식을 가진 선량한 사람으로 보이기 십상입니다. 선뜻 납득이 가지 않는 일이지요. 이권을 위해서는 어떤 일도 서슴지 않으면서 인간적 교감을 갖는 순간 갑자기 선량한 가장처럼 비치는 그 양면성을 어떻게 이해할 수 있겠습니까. 물론 개인적인 교감이 악행을 용납하는 기준이 될 수는 없겠지만, 우리가 여기서 배워야 할 것이 전혀 없는 것은 아닙니다.

우리는 자신도 모르게 자기가 자기를 속이는 자기기만에

길들어 있고, 그런 자기기만으로 인해 자신의 허물은 덮어 두고 언제나 남의 허물만 보지요. 서양 속담에 "네가 타인의 잘못을 한 가지 용서하면 신은 너의 두 가지 잘못을 용서할 것이다"라는 말이 있습니다. 타인을 용서한다고 하지만 사실은 누군가를 용서하는 순간 나는 나 자신이 저지른 잘못을 용서하는 셈이 됩니다. 그가 나에게 했듯, 똑같은 일을 나 역시 누군가에게 하고 있으니까요.

지금은 입적하고 안 계시지만, 문중의 어른이시던 문 노스님 생각이 납니다. 법명이 성문이신 노스님을 우리는 문 노스님이라고 불렀지요. 유난히 미소가 자비롭던 문 노스님은 미륵부처라고 알려진 포대布袋화상처럼 어린아이들을 좋아하셨습니다. 한 번도 화를 내거나 언성을 높이신 적이 없던 노스님은 누가 실수를 하거나 잘못을 해도 꾸중하시기에 앞서 상대가 그것을 알아차려 공부에 도움이 되도록 이끌어주신 분이었습니다.

떠올리기만 해도 마음이 따뜻해져 오는 노스님을 사람들은 '맛나다' 노스님이라 부르곤 했지요. 어떤 음식을 공양하건 '맛나다'라는 칭찬을 빠뜨리지 않던 노스님에 대한 존경과 애정이 담긴 그 별명이야말로 스님의 인품을 그대로 드러낸 말이었습니다.

타인을 용서한다고 하지만
사실은 누군가를 용서하는 순간
나는 나 자신이 저지른 잘못을
용서하는 셈이 됩니다.
그가 나에게 했듯, 똑같은 일을
나 역시 누군가에게 하고 있으니까요.

노스님은 국이 짜거나 싱겁거나, 반찬이 맵거나 시거나, 밥이 되거나 질거나 상관하지 않으셨습니다. 행여 누군가 반찬이나 밥이 잘못되었다고 채공(반찬 담당)이나 공양주(밥 담당)를 나무랄세라 노스님은 얼른 "아이고 맛나다, 아이고 맛나다!"를 연발하시면서 정말 맛있게 음식을 드셨습니다. 가장 웃어른인 문 노스님이 맛있다 하시니 어느 누가 감히 음식 탓을 할 수 있겠습니까.

노스님은 음식을 맛이 아니라 공양주와 채공의 정성으로 음미하셨던 것 같습니다. 어떤 음식도 다 맛있다고 평가하는 노스님의 따뜻한 긍정을 통해 부족한 음식을 만들었던 소임자들은 무엇에나 감사하는 마음과 타인을 이해하는 너그러움을 아울러 배우게 되었지요.

'맛나다' 노스님 일화와 함께 어느 동자승에 얽힌 일화가 떠오릅니다.

옛날 한 동자승이 여러 스님들과 큰스님을 모시고 공양을 하고 있었습니다. 마치 관세음보살이 쓰다듬기라도 하듯 동자승 머리 뒤에 환하고 부드러운 빛이 나는 것을 본 큰스님은 공양이 끝난 뒤 동자승을 불러 물었지요.

"공양 시간 중에 네게 무슨 일이 일어났느냐?"

자신의 머리 뒤에 후광이 비쳤다는 사실을 모르고 있던

동자승은 큰스님의 신통력에 감탄하며 공양 시간에 있었던 일을 사실대로 아뢰었습니다.

"사실은 제 국그릇에 무엇인가 빠져 죽은 것이 있었습니다. 처음엔 구역질이 올라왔지만, 소란을 피우면 스님들 모두가 국을 못 먹게 될 것이고, 채공 스님이 야단을 맞을 것 같아 참고 삼켜버렸습니다."

그 말을 들은 큰스님은 웃으시며 동자승의 머리를 쓰다듬었지요.

"네가 큰마음을 내었구나. 그래서 관세음보살님이 너의 행동을 지켜보시고 대견해하셨구나."

불가에서는 관세음보살을 천수천안千手千眼이라 부릅니다. 천 개의 눈과 천 개의 손을 가지신 분이라 세상의 모든 일을 두루 꿰뚫어보시고 좋은 일에는 칭찬을, 궂은일에는 자비의 손길을 뻗치신다 하지요.

노스님의 '맛나다'라는 칭찬 한마디가 질책으로 이어질 수 있는 공양 시간을 편안하게 하고, 타인을 배려하는 동자승의 마음 씀씀이가 관세음을 감동시키듯, 타인의 허물 또한 감싸 안으면 우선 자신이 편안해집니다. 그런 배려는 또 자신을 성장시키는 지름길이지요. 한 번쯤 가만히 돌이켜보십시오. 누군가를 용서하고 받아들일 때 나 자신이 편안했는지, 아니면 끝없이 헐뜯고 비난하며 허물을 들춰낼 때 편안했는지…….

타인의 약점을 공격할 때 우리는 쾌감을 느낄 수 있습니다. 그 공격에 다친 상대가 상처로 신음 소리를 내면 더욱 짜릿한 쾌감을 느낄 수도 있겠지요. 그러나 그때의 쾌감은 언젠가 백배의 상처로 당신에게 돌아갈 것입니다. 내가 누군가에게 저지른 어떤 행위는 반드시 부메랑이 되어 내게 돌아오게 마련이니까요.

그런 부메랑을 불가에선 카르마業라 합니다. 정보통신이 발달한 요즘엔 카르마가 나타나는 속도 또한 초고속으로 빨라지고 있습니다. 엊그제 내가 저지른 업이 오늘 바로 부메랑이 되어 돌아오지 않습니까. 그런 예는 정치판을 봐도 알 수 있습니다. 보복이 보복을 낳고, 또 다른 보복이 보복을 불러오는, 이른바 정치 보복이라 불리는 원색적인 그 행위 뒤에도 엄연한 업의 부메랑 원리가 있습니다.

인간관계의 모든 갈등은 그런 원리를 아느냐 모르느냐의 차이로 결정 나게 마련입니다. 내가 누군가에게 존중받기를 원한다면 그만큼 누군가를 존중하면 될 것입니다. 반대로 내가 누군가를 업신여기고 있다면 나 또한 누군가에게 업신여김을 받는다는 것을 잊지 마십시오.

세상살이에서 가장 힘든 것이 인간관계라는 말 또한 수긍할 수 있지만, 짠 음식이건 싱거운 음식이건 모두 '맛나다'라고 평하는 노스님의 가르침을 따를 수만 있다면 그런 갈등 또한 풀 수 없는 것은 아닙니다.

고운 사람이건 미운 사람이건 만나는 사람 모두에게 '고맙다'라는 인사를 해보십시오. 고운 사람은 나를 기쁘게 해줘서 고맙고, 미운 사람은 치밀어 오르는 분노를 성찰할 기회를 만들어주니 고맙지 않습니까. "맛나다, 맛나다!"를 연발하던 노스님처럼 인연 맺는 모든 이들을 향해 "고맙다, 고맙다!"를 반복해보십시오.

나를 믿는 마음공부

누군가 부르는 소리가 나기에 대문을 열었더니 낯선 남자가 서 있었습니다. 절이라는 표지판 하나만 보고 찾아왔다는 그분이 나를 당혹스럽게 만들었지요. 절을 찾아온 용건이 점을 보기 위해서라니까요. 직장을 그대로 다녀야 하는지 말아야 하는지, 외국으로 나가야 하는지 한국에 있어야하는지, 집을 팔아야 하는지 말아야 하는지, 자신의 미래를 점쳐달라는 그 사람을 나는 한동안 쳐다보기만 했습니다.

그를 방 안으로 들인 건 그의 간절한 표정 때문이었습니다. 뭔가 마음의 위로라도 해야 될 것만 같은 절박한 느낌을 자아내던 그 눈빛을 보고 나는 우선 들어오시라고 한 뒤 차

한 잔을 대접했지요.

앉자마자 그는 주머니를 뒤지더니 돈 5만 원을 내놓더군요.

"약소합니다만, 우선 하는 일마다 왜 안 풀리는지 좀 봐 주십시오."

절을 점치는 곳으로 오해하고 있는 그가 우습기도 하고 어이없기도 했지만 무작정 나무랄 수만도 없는 일이었습니다. 절에 대한 잘못된 인식을 가지게 한 책임이 전적으로 그 사람에게만 있는 것은 아니니까요.

절이라는 이름을 내걸고 점을 치거나 사주팔자를 보는 곳이 있으니 이런 오해를 받지, 하는 생각이 들자 부끄럽기까지 하더군요. 부처님이 아시면 기가 찰 노릇이고, 선사들이 알면 방망이로 늘씬하게 두들겨 맞을 일이지요.

혹세무민이란 말을 많이 쓰지만, 점을 치는 일은 부처님 가르침에 어긋나는 길입니다. 부처님은 그 사람의 과거를 알고 싶으면 현재 그 사람의 행동과 말과 생각을 보고, 미래를 알고 싶으면 그 또한 현재 그 사람의 행동과 말과 생각을 보라고 하셨습니다.

사람들은 대부분 무의식적으로 혹은 습관적으로 살아갑니다. 과거에 화를 잘 냈던 사람은 지금도 화를 잘 내며, 앞으로도 그럴 가능성이 높지요. 거친 성격을 가진 사람 또한 마찬가지입니다. 과거부터 그래왔고 현재도 그렇고 앞으로도 그렇게 살기 쉽습니다. 의식이 깨어나지 않은 대개의 사람들은 무의식적으로 자기의 과거를 되풀이할 뿐입니다.

과거의 습관에 묶여 있는 상태. 윤회도 그런 것 아닐까요? 자기도 모르게 과거의 습관을 반복하며 거기서 벗어나지 못하는 상태 역시 윤회라 불러도 되지 않을까요? 내 의식 밖에 우주가 따로 존재하는 것이 아니라 모든 것이 '나'라는 우주 속에서 일어나는 현상인데도 사람들은 바깥에 있는 불가사의한 무언가를 찾아 헤매곤 합니다.

"깨달은 자의 미래를 점치거나 사주팔자를 볼 수는 없다. 깨달은 자는 자신의 과거에서 완전히 자유롭고 지금 여기에서 텅 비어 있다. 그러나 어리석은 자들은 과거, 현재, 미래를 스스로 만들어놓고 그 속에서 헤어나지 못한다."

우스운 일이지만 사람들은 불확실한 것에는 집착하고 확실한 것은 외면합니다. 오지도 않은 미래는 당겨서 알고 싶어 하면서도 지금 이 순간의 현실에는 충실하지 않다는 말이지요. 삶에서 확실한 것은 언젠가 죽는다는 사실 하나뿐 나머지는 다 불확실한 것인데도 확실치 않은 것을 얻으려고 이리저리 마음을 떠안고 다닙니다.

과거니 미래니 하는 말을 하다 보니 떠오르는 이야기가 있습니다. 덕산이라는 유명한 선승이 하루는 《금강경청룡소초金剛經靑龍疏鈔》라는 책을 넣은 바랑을 짊어지고 길을 가다가 배가 고파 떡을 사 먹게 되었습니다. 떡을 다 먹고 일어서던 덕산이 떡을 팔고 있는 노파에게 물었지요.

"떡값이 얼마입니까?"

그러나 노파는 떡값을 말하지 않고 덕산의 바랑만 쳐다봤습니다.

"스님 바랑 속에 뭐가 들어 있소?"

"《금강경》에 관한 책이 들어 있습니다."

별생각 없이 대꾸를 한 덕산은 거듭 노파에게 떡값을 물었지요.

"떡값이 얼마냐고 물었습니다만……."

"내 묻는 말에 대답을 잘하면 떡값을 받지 않겠소. 스님이 《금강경》에 관한 책을 짊어지고 다니시니까 묻소만, 《금강경》에 보면 과거의 마음도 얻을 수 없고, 현재의 마음도 얻을 수 없고, 미래의 마음도 얻을 수 없다 했는데 스님은 지금 어느 마음에 떡을 잡수신 거요?"

노파의 한마디에 덕산은 그만 대답할 말을 잃고 말았지요. 스스로 《금강경》에 통달했다는 자부심을 가지고 있던 아상我相이 한순간에 깨어졌고, 그 길로 덕산은 남쪽으로 내려가 스승 용담을 만나게 됩니다.

미래에 대한 불안에 사로잡혀 점을 봐달라던 그 남자에게 나는 《금강경》 이야기를 들려줬습니다. 점 대신 자기가 자기를 믿지 못하는 마음을 다스리는 공부부터 하는 게 어떠냐고 권하기도 했지요. 삶에 대한 용기와 자신을 북돋우는 마음을 키우는 게 좋겠다는 권유를 그 남자도 수긍했습니다.

자신의 미래가 불안하거나 궁금하면 현재의 자기를 살펴보십시오. 하고 있는 일에 최선을 다하고 있는지, 과거에 묶여 있는 건 아닌지, 나쁜 버릇을 버리지 않고 그대로 가지고 있는 건 아닌지, 스스로를 불신하고 있는 건 아닌지, 자신과 남을 분별하여 자신에겐 더없이 애착하고 타인에겐 무관심하지 않은지, 열린 마음으로 새로운 것을 받아들이며 끊임없이 자신을 개발하고 있는지…….

사람들은 흔히 현재의 근원을 과거에서 찾습니다. 그러나 과거는 이미 흘러가 버리고 없으니 어떤 것의 근원이 될 수 없습니다.

과거의 근원도, 미래의 근원도 다 지금 이 순간입니다. 현재 또한 찰나 찰나 바뀌어가고 있을 뿐 영원한 것은 아무것도 없습니다. 점을 치기 좋아하는 사람들은 대부분 과거에 묶여 묵은 습성을 떨쳐내지 못한 사람들입니다. 찰나 찰나 바뀌는 현재의 자신을 정직하게 인식하기가 두려운 사람들 이 그렇듯 다가오지도 않은 미래를 미리 당겨 근심하는 것 입니다.

부드러움의 힘

제 큰 사형님이 살고 계시는 시애틀의 4월은 한국의 가을 날씨 같고, 1년 내내 영상 2~3도를 유지하지만 높고 깊은 산이 많아 봄이 와도 스키장을 운영하는 곳입니다.

호랑이산의 줄기를 타고 내려온 작은 봉우리 거울산 아래 제 사형 정업스님이 살고 있는 정각사가 있답니다. 절뿐만 아니라 시애틀 전체가 산과 바다, 호수(말이 호수이지 바다 같습니다), 숲, 나무, 꽃으로 이루어져 있어 집들이 마치 동화 속 그림처럼 아름답습니다.

시애틀의 상징이 상록수인지라 차량 번호판에도 상록수가 그려져 있는데, 저는 그걸 보고 가끔 인간의 마음도 저렇게 푸르고 싱싱하면 좋겠다 생각했습니다. 시애틀이라는 이름은 원래 "하늘을 어떻게 사고팔며, 대지의 온기를 어떻게 사고팔 수 있을까? 맑은 공기와 포말이 되어 부서지는 물은 우리 것이 아니다. 그런데도 어떻게 팔라는 말인가?"라고 연설했던 북미 원주민 추장의 이름입니다. 두와미시족의 추장 시애틀은 땅을 팔라는 백인에게 그런 내용의 연설을 한 뒤 스스로 원주민 보호구역으로 들어갔지요.

정말 하늘을 어떻게 사고팔며 맑은 공기를 어떻게 사고팔 수가 있겠습니까. 그래서 그런지 공기가 맑고, 아무리 차를 타고 달려도 벗어날 수 없을 정도로 숲이 울창한 이곳은 연어의 고장이기도 합니다. 계곡마다 '절대 연어를 잡지 마시오'라는 강압적인 글 대신 '이 계곡은 당신이 지킵니다'라는 부드러운 표지판이 서 있어 눈길을 끕니다.

교통 표지판에 명령문보다는 권유문이 많은 것도 우리나라와 비교되어 재미있습니다. 가령 안개 지역을 지나다 보면, '라이트를 켜시오'라는 말 대신 '라이트를 켜면 상대방이 당신 차를 잘 볼 수 있습니다'라고 권유형으로 써놓은 점이 배울 만하다고 생각됩니다. 길 이름 또한 나무와 관련된 게 많은데, '숲이 우거진 지역' '단풍나무 길' '향나무 길' '측백나무 길' 등 쳐다보기만 해도 나무 향기가 날 것 같아 좋습니다.

어제는 부동교라는 이름의 수면에 떠 있는 다리를 지나 아무도 없는 호숫가에서 몇 시간을 놀다가 왔습니다. 이곳에선 높은 아파트와 빌딩을 구경할 수 없고 집들이 다 나지막하기만 합니다. 부자들이 사는 지역답게 전용 비행기가 푸른 잔디 위에 앉아 있는 것도 볼 수 있는데 그걸로 출퇴근을 한다는 사실이 꼭 영화의 한 장면 같아 신기합니다.

비 오는 날엔 수십 명이 들어설 수 있을 만큼 큰 가지를 늘어뜨리고 있는 측백나무 아래 서서 비 내리는 풍경을 물끄러미 바라보기도 하지요. 정업스님은 벽난로에 장작불을 지펴 집 안을 훈훈하게 하고, 곳곳에 촛불을 켜주시며 "정목아, 분위기 좋지? 창밖을 내다봐. 정원에 피어 있는 꽃들의 표정을 읽을 수 있어" 하시며 장작불에 감자를 구워주시기도 합니다. 이런저런 이야기로 우리는 밤이 새는지도 몰랐지요.

시애틀에서 여덟 시간이나 비행기를 타고 다시 뉴욕으로 돌아왔습니다. 주에서 주로 이동할 때마다 거리가 너무 멀어 세계 일주를 하는 기분입니다. 날짜변경선인 캄차카반도 오른편에 있기 때문에 이곳은 28일, 한국은 29일입니다. 처음 이곳에 왔을 때 시차가 열세 시간 나다 보니 밤에는 잠이 오지 않고, 낮에는 졸리는 괴로움이 계속되었지만 지금은 어느새 이곳 시간에 적응하고 있습니다.

뉴욕에 여장을 풀고, 어제는 워싱턴을 돌아봤습니다. 버지니아주의 국립공원에는 노래에 나오는 셰넌도어강이 흐르고, 끝없는 전원이 그림같이 펼쳐집니다. 방금 루레이 마을의 루레이 동굴에 다녀왔는데 170년 전 발견된 이 동굴을 여행하는 것은 그야말로 꿈같고 환상적인 경험이었습니다. 동굴 지하 17층쯤 되는 곳에 있는 동굴 성당은 미사를 드릴 수 있을 정도로 넓은 장소였고 파이프오르간까지 설치되어 있더군요.

1957년 당시 공사를 하던 인부가 망치로 종유석을 탕탕 쳤더니 그 소리가 모두 음정이 다른 악기처럼 울렸다고 합니다. 신비로운 종유석과 파이프오르간 소리가 어우러져 들려오는 〈결혼행진곡〉. 실제로 이 동굴 성당에서 270쌍이나 되는 남녀가 결혼식을 올렸다고 하니, 그렇게 환상적인 결혼식이라면 다음 생에선 저도 한 번쯤 해봐도 되지 않을까 농담했을 정도입니다.

어제 하루 푹 쉬고 오늘은 로큰롤의 고장인 우드스톡 마을에 다녀왔습니다. 뉴욕에서 승용차로 두 시간 정도 거리이고 고풍스러운 멋이 풍기는 마을입니다. 그 마을 가까이에 티베트 절이 있는데 명상이나 요가에 관심 있는 사람들이 모여드는 곳입니다. 미국의 불교 인구가 500만 명에 달한다는 통계도 있는 걸 보면 한국 절이건 티베트 절이건 웬만한 도시마다 불교 사원 하나쯤 있는 건 신기한 일도 아닌 것 같습니다.

우드스톡으로 가는 길목은 더없이 아름답습니다. 우드 빌리지에는 유명한 의상 디자이너들이 촌락을 이루어 살고 있고, 음악가는 음악가들끼리, 화가는 화가들끼리 모여 숲속에서 생활하는 것이 자유로워 보입니다.

상점마다 진귀하고 신기한 것이 많았는데, 온종일 걸으며 그 마을을 돌아다니다가 소낙비 내리는 소리가 들리는 향나무 스틱이 흥미로워 하나 샀습니다. 아침마다 비나무라 불리는 그 막대기를 세웠다 기울였다 하며 비 내리는 소리에 귀 기울이면 숲속에 앉아 있는 것 같아 참 좋습니다.

다시 숲으로 된 터널을 네 시간 정도 달리면 아쇼칸 호수가 있습니다. 뉴욕 시민들의 식수원인 이 호수의 물은 정말 좋아 보였습니다. 뉴욕 사람들은 미국에서 뉴욕 물이 가장 좋다고 하는데, 그 이유는 깊고 청정한 계곡에서 흐르는 여러 물줄기가 아쇼칸 호수로 모여들어 그것을 식수로 쓰기 때문이랍니다.

손을 씻어보아도 물이 참 매끄럽고, 컵에 바로 떠서 먹어도 될 정도입니다. 뉴욕 사람들의 말이 사실이라는 것을 호수에 직접 와보니 알 수 있겠더군요. 그들이 보호하고 가꾸는 자연의 아름다움에 그저 입을 벌린 채 놀랄 뿐입니다.

버지니아주에서 메릴랜드주로 가기 위해 바다 위에 떠 있는 다리를 달리는 동안 정말 "와" 하는 감탄사가 나오더군요. 얼마나 다리가 긴지, 차를 타고 고속도로를 달리는 속도로 40~50분을 갈 정도였으니 참으로 놀라울 뿐이었습니다. 언젠가 지금의 이 생生이 과거와 미래를 연결하는 다리와 같다는 말을 들은 적이 있습니다. 그러니까 전생과 다음 생을 연결하는 다리가 바로 지금의 생이라는 그 말이 맞다고 공감한 건 업에 대한 생각 때문이었습니다.

전생의 업에 의해 지금의 내 모습이 결정되고, 현재 짓고 있는 업에 따라 다음 생의 내 모습이 결정될 것이라는 생각은 결국 지금의 생이 과거와 미래를 잇는 다리라고 하는 생각과 같은 뜻이겠지요. 지금의 내 모습을 보면 과거에 내가 어떻게 살아왔는지 알 수 있듯, 미래란 결국 현재의 나에 의해 결정되는 결과물일 것입니다.

형체 없는 공기와 부드러운 물이 미세한 틈 속에도 스며들 수 있듯, 적대감 없는 사랑의 마음은 어디에도 스며들 수 있으리라 생각합니다. 끝이 보이지 않는 긴 터널같이 힘든 인간관계도 어쩌면 강직한 꼿꼿함보다 물 같은 부드러움으로 풀어나가면 뚫리지 않을까 생각해봅니다.

마음의 거지

보내주신 엽서 잘 받았습니다. 그림엽서에 나와 있는 타지마할을 보니 인도 생각이 나는군요. 처음 인도 땅을 밟았을 때의 감정은 감격이라기보다 충격이었습니다. 손 벌리며 따라다니는 거지 아이들과 상상을 초월하는 빈민가의 풍경 속에서 마음의 평화를 회복한 건 국경을 지나 네팔 땅 룸비니에 다다랐을 무렵입니다.

그러나 "가난한 나라보다 부유한 나라에 미친 사람이 더 많다"라는 말엔 이의를 제기하고 싶지 않습니다. 인도 거리를 다니는 내내 거지나 한센병자를 보긴 했지만 미친 사람을 보진 못했으니까요.

인간을 병들게 하는 건 가난보다 욕망인 경우가 많습니다. 현대에 와서 갖가지 형태의 정신질환이 생기는 것도 문명 때문이겠지요. 우리가 문명이라 부르는 지금의 이 발달한 기술들은 밑바닥을 살펴보면 욕망에 뿌리를 두고 있는 경우가 대부분입니다.

컴퓨터 게임을 많이 하는 아이들한테 정신적인 문제가 발생한다는 연구도 나와 있더군요. 게임을 지나치게 즐기는 사람들 뇌에선 베타파가 나오지 않는다는 뉴스를 보기도 했고요. 얼마 전 뉴욕에 사는 한 작가를 만났을 때 그곳 예술가들 사이에 명상 붐이 일어나고 있다는 말을 듣고 저는 그게 바로 대안이라 생각했습니다.

더 크게, 더 많이, 더 빠르게. 만족을 모르는 문명은 끝없이 새로운 것과 더 빠른 것을 추구하고 있지만 예민한 이들은 이제 욕망의 대안으로 명상을 선택하고 있습니다.

명상은 빠른 것보다는 느린 것, 많은 것보다는 적은 것과 더 가깝습니다. 나아가 명상은 가지고 있는 것마저 다 내려놓고 텅 비어버리기를 바라고 있습니다.

경쟁에 시달리는 아이들에게 명상을 가르쳐야 합니다. 무엇이 진정한 일류인지도 모르면서 일류만을 강요하는 어른들 틈에 끼여 괴로워하는 아이들에겐 정말 명상이 필요합니다. 교과 과정에 명상 수업을 포함시켜야 합니다.

그러나 이런 주장이 먹혀들 리 없겠죠. 아이를 낳아본 적도, 키워본 적도 없는 우리 같은 사람들의 주장이 현실화될 순 없겠지만, 재미있는 것은 이런 주장에 공감하는 학부형이 적지 않다는 사실입니다. 많은 사람이 공감하면서도 현실 속에서 그것이 성사되지 않는 이유는 또 무엇 때문일까요?

어쩌면 윤회란 하나의 악순환을 가리켜 부르는 이름일지 모릅니다. 문명 또한 멈출 수 없는 악순환의 쳇바퀴 속에서 부서질 운명을 가졌는지도 모릅니다. 지금의 지구 문명을 속도의 차원에서 바라본다면 숨 막힐 수밖에 없습니다. 그러나 명상이라는 대안과 만나는 순간 인류는 다시 가능성을 찾기 시작합니다.

인간의 욕망이 얼마나 끝없는 것인지, 인도의 황제 아크바르 이야기를 옮겨봅니다.

성자 파리드는 어느 날 가난한 사람들의 부탁을 받고 아크바르를 찾아갑니다. 마을 사람들을 위해 학교를 지어달라는 부탁을 하려고 황제를 찾은 파리드는 기다리는 동안 우연히 황제의 기도를 듣게 됩니다.

"자비하신 신이시여, 저에게 더 많은 재물과 더 많은 영토를 내려주십시오."

아크바르는 이렇게 자신에게 부를 내려달라고 기도하고 있었습니다. 황제의 기도 소리를 들은 파리드는 발길을 돌려 궁 밖으로 나가고 맙니다. 존경하는 성자 파리드가 나가는 것을 발견한 아크바르가 황급히 쫓아 나왔습니다.

"성자여, 저를 만나시지도 않고 왜 그냥 돌아가시려 합니까?"

황제가 붙잡으며 묻는 말에 파리드는 이렇게 대답했습니다.

"나는 당신을 세상에서 제일가는 부자라고 생각했소. 그러나 방금 당신이 하는 기도를 듣고 보니 당신은 부자가 아니라 가난뱅이더군요. 가난한 당신에게 무슨 부탁을 하겠소. 마을로 돌아가면 돈을 걷어 당신에게 갖다주라고 하는 것이 옳겠소. 가난한 당신에게 부탁하느니 학교도 내가 직접 신에게 지어달라고 부탁하는 편이 나을 것 같소."

세월이 지나 그 순간을 되돌아보며 아크바르는 이런 고백을 했다고 합니다.

"그때 나는 난생처음으로 내가 부자가 아니라는 것을 깨달았다. 나는 끝없이 더 많은 것을 원하고 있었지만 재물은 내게 아무것도 해줄 수 없었다. 많은 세월 동안 나는 끊임없이 쓰레기를 원했을 뿐, 많은 것을 축적했지만 내가 얻은 것은 아무것도 없었다."

인도에서 살겠다고 떠난 한 친구가 떠오릅니다. 모든 것

다 버리고 영적인 공동체 마을로 살러 간 그가 보낸 편지를 읽다가 마음공부 하기가 얼마나 힘든지 깨닫습니다. 그는 복잡한 곳에 살 땐 몰랐는데 조용한 곳에 오자 무료함을 견디기가 얼마나 힘든지 비로소 깨닫는다고 말했습니다.

마음의 고요를 얻기가 얼마나 힘든 일인지 가부좌하고 앉아보지 않고는 모릅니다. 들끓는 욕망과 사념을 다스리는 것이 바로 명상이며 깨달음입니다. 설령 행복을 찾기 위해 대륙의 끝과 끝을 헤맨다 해도, 욕망을 피해 갠지스강이 발원하는 히말라야에서 사막이 시작되는 라자스탄까지 걷는다 해도 마음의 고요를 얻지 않고 행복할 수는 없습니다.

행복도 욕망도 멀리 있지 않습니다. 모든 것이 다 내게 있을 뿐, 나에게서 비롯되어 나에게서 완성될 뿐. 모든 갈등의 근원이 나라는 사실을 인정하는 순간 우린 미혹에서 벗어날 것입니다. 엽서에 찍혀 있는 화려한 타지마할이 왕궁이 아닌 무덤인 것처럼, 욕망 때문에 우린 무덤을 곧잘 궁전으로 착각하고 삽니다. 모든 것 다 가지고 있으면서도 아무것도 가진 것 없던 아크바르 황제처럼 우리 또한 끝없이 욕망하고 있지 않은지 되돌아볼 일입니다.

비단옷과 대나무

출가하고 한동안 옛날 버릇을 그대로 하는 사람을 보면 실소를 흘리곤 했습니다. 깎은 머리이면서도 머리카락을 쓸어 올리는 시늉을 하는가 하면, 방을 닦다가 주운 실핀을 무심코 맨머리에 꽂으려 하는 경우도 있지요. "세 살 버릇이 여든 간다"라는 속담도 있지만 습관이란 참 우습기도 하고 무섭기도 한 것 같습니다.

습관 이야기가 나왔으니 하는 말이지만, 출가하고 나서 처음엔 승복 입기가 쉽지 않았습니다. 서양식 옷 입는 데 길들어 옷고름을 매고 발목에 행전을 두르는 일이 쉽지 않았지요. 그러나 입는 데 익숙해지고 나면 옷에 무관심해지고,

옷 한 벌이 생기면 대체로 그것이 닳고 닳을 때까지 입게 됩니다.

제가 입은 승복의 평균 수명은 대략 15년에서 20년쯤 됩니다. 그 정도 입고 나면 안감은 보통 걸레 조각처럼 다 해어지지요. 그중에서 가장 오래 입은 옷은 아무래도 출가할 때 은사스님이 해주신 옷일 듯싶습니다. 20년 가까이 입던 그 낡은 옷을 사제師弟의 인연을 맺은 젊은 승려에게 물려준 것은 옷보다 검소한 습관을 대물림하고 싶었기 때문입니다.

기억에 남는 옷을 들라 하면 적삼 하나를 들겠습니다. 겨울이 오면 두루마기 속에 받쳐 입는 그 적삼은 비단으로 누빈 옷이었지요. '승려가 웬 비단옷?' 하는 생각 때문에 선물을 받고도 3년 넘게 입지 않고 내버려뒀던 옷입니다. 처음 선물 받았을 땐 누군가에게 도로 선물을 하고 싶었지만 마땅한 대상이 없었고, 내가 입지 않을 옷을 누군가에게 준다는 것도 미안한 일이어서 그냥 옷장 속에 넣어두고 있다가 잊어버리고 말았습니다.

우연히 옷 정리를 하다가 그 옷을 발견하고 입기 시작한 지도 꽤 오랜 세월이 흘렀습니다. 비단이라고 외면했던 그 옷을 꺼내 입게 된 건 아마 삶에 대한 가치관이 바뀌었기 때문일 것입니다. 조금은 엉뚱한 연상일지 모르지만, 밀쳐두었던 적삼을 다시 꺼내 입으면서 한 번씩 떠올렸던 일화가 있습니다. 무학대사와 태조 이성계에 얽힌 이야기입니다.

하루는 궁궐로 대사를 부른 태조가 이런저런 이야기를 하다가 대사에게 농담을 건넸습니다.

"오늘은 스님 얼굴이 꼭 돼지 같아 보입니다."

농담이라고 하기엔 지나친 말이었지만 무학대사는 얼굴 표정 하나 변하지 않고 태연하게 임금을 쳐다보기만 했지요.

"스님 얼굴이 갑자기 돼지처럼 보이는 건 왜일까요?"

표정을 살피며 다시 태조가 말을 걸자 무학대사는 그제야 입을 열어 대답했습니다.

"상감의 용안은 오늘따라 더 부처님같이 보이는군요."

미소까지 머금고 있는 대사를 보자 태조는 조금 달라진 표정으로 말했습니다.

"과인은 농담을 했습니다만, 대사께선 어찌 농담을 농담으로 받아주질 않습니까?"

아부를 한다고 생각했는지 정색하는 태조를 보며 대사는 여전히 기분 좋은 표정으로 대꾸했지요.

"저 역시 농담을 했습니다. 돼지의 눈으로 보면 모든 게 돼지로 보이고, 부처의 눈으로 보면 모든 게 또 부처로 보이게 마련이니까요."

무학대사 이야기를 떠올린 건 선물 받은 적삼을 비단으로만 보고 있었던 나는 돼지인가, 부처인가 하는 생각 때문이었습니다. 정작 선물을 한 사람은 옷이라 여겼을 뿐인데 내 눈엔 그것이 비단으로만 보였으니까요. 달을 보라는데 달은 보지 않고 손가락 끝만 쳐다본다더니 정작 보낸 이의 소중한 마음은 보지 못하고 분별심만 일으켰던 건 아닌가 하는 생각이 들자 그제야 나는 선물한 이에게 별로 고마워하지도 않았다는 사실을 깨달았습니다.

모든 걸 방송에 바치고 있던 그 당시, 이름도 얼굴도 모르는 한 할머니가 그 적삼을 보내왔습니다. 한 땀 한 땀 손수 누벼서 만든 그 옷과 함께 할머니는 이런 쪽지를 보내셨더군요.

"추운 겨울날 산동네를 다니시는 스님을 위해 이 적삼을 보냅니다. 외롭고 힘든 달동네 사람들을 돕는 것 못지않게 스님의 건강도 중요합니다. 매일 방송에 나오는 스님 음성을 들으며 희망을 얻고 있는 늙은이입니다. 추위를 많이 탈 것 같은 스님을 생각해 만들었으니 부족한 정성이라도 받아주십시오."

정확하게 기억나진 않지만 쪽지엔 대략 그런 내용이 적혀 있었던 것 같습니다. 쪽지를 보면서도 나는 옷의 소재가 비단이라는 점이 걸려 그만 할머니의 소중한 정성을 놓치고 말았던 것이지요. 분별심 때문에 진실을 보지 못했다고 나 할까요?

논리에 묶여 있던 편협한 내 마음에 할머니는 소중한 가르침을 주셨습니다. 뒤늦게 적삼을 입어본 나는 할머니의 직감에 더욱 놀랐지요. 한 번도 만나본 적이 없던 할머니가 방송에서 들은 내 목소리만으로 어림잡아 자로 잰 듯 옷의 크기를 딱 맞게 만들어 보낸 것입니다. 침침한 눈을 비비며 한 땀 한 땀 정성을 다해 바느질했을 할머니를 생각하는 동안 가슴이 따뜻하게 젖어왔습니다.

똑똑하다느니, 유능하다느니, 지적이라느니 등의 말에 스스로 속아 우린 때로 놓쳐선 안 될 소중한 것들을 놓치고 있는 건 아닐까요? 스스로 만들어놓은 틀이나, 누가 불어넣었는지도 모르는 낡은 신념에 묶여 마음의 평수를 너무 좁게 쓰고 있진 않나요? 맑은 물엔 고기가 놀지 않는다거나, 대나무엔 향기가 없다는 말 또한 편협한 이의 어리석음을 빗댄 말입니다.

여인을 업어서 강물을 건너게 한 스승에게 "수행자란 여자를 멀리해야 하는데, 스님은 어떻게 수행자의 신분으로 여인을 업을 수 있습니까?" 하고 캐물은 상좌 이야기가 있습니다.

좋은 경험, 나쁜 경험이
이어지는 것이 인생이며,
좋다는 판단과 나쁘다는 판단 또한
그 자체에 좋음과 나쁨이 있는 것이 아니라
그 경험을 대하는 나의 태도에 달려 있지요.

아무렇지도 않다는 표정으로 상좌를 쳐다보던 스승은 "나는 이미 여인을 내려놓았는데 너는 아직도 그 여인을 업고 있느냐?"라고 답했지요. 널리 알려진 그 이야기 또한 진리란 분별심이나 편협한 마음 너머에 있는 어떤 것이라는 사실을 일깨우기 위한 것일 테지요.

아전인수 격의 막행막식만 아니라면, 해서는 안 된다고 스스로를 제약하는 것보다 어떤 일이든지 경험해보는 것이 좋을 듯합니다. 경험을 통해 타인을 이해하고, 받아들일 수 없던 것들을 받아들일 수 있게 된다면 경험이란 많을수록 좋으니까요.

인생은 정말 경험하기 위해 있는 것일지도 모릅니다. 태어남과 죽음 사이에 있는 모든 것이 다 경험입니다. 좋은 경험, 나쁜 경험이 이어지는 것이 인생이며, 좋다는 판단과 나쁘다는 판단 또한 그 자체에 좋음과 나쁨이 있는 것이 아니라 그 경험을 대하는 나의 태도에 달려 있지요.

삶이 경험으로 이루어지는 것이라면 태도를 바꾸어 좋은 경험을 많이 갖는 게 어떨까요? 분별하는 마음을 내려놓을 수만 있다면 삶을 대하는 태도도 바뀌게 마련입니다.

고요한 마음을 찾아서

여러분, 그동안 안녕하셨습니까? 제가 있는 암자 창밖으로 가을이 이제 끝자락을 내보이며 사라져가고 있습니다. 여러분 한 분 한 분의 얼굴을 떠올리다 보면 어떻게 살고 계시는지 소식이 궁금해집니다.

가을이 가고 겨울이 오고 있는 이 계절, 여러분의 삶은 오고 있나요, 아니면 가고 있나요? 우리 머릿속 생각만 봐도 들어오는 생각이 있고 나가는 생각이 있듯, 또 가슴속에도 들어오는 호흡이 있고, 나가는 호흡이 있듯 계절 또한 왔다 간 가고 왔다간 가곤 하는 것이 자연의 이치입니다. 계절도 그렇고 인생도 마찬가지입니다.

오는 것은 여유 있게 오게 하고, 가는 것도 여유 있게 가게 할 때 우리 삶은 행복하고 편안합니다. 《법구경法句經》을 보면 "사랑하는 사람은 못 만나서 괴롭고, 미워하는 사람은 만나서 괴롭다" 했습니다. 사랑하는 것도 미워하는 것도, 알고 보면 다 들어오고 나가고 하는 내 생각과 다름없습니다.

간이라도 꺼내줄 듯 가깝게 지내다가 언제 그랬냐는 듯 돌아서서 원수처럼 으르렁거리는 사람들의 애증 또한 스스로 만들어놓은 것과 다를 바 없지요. 스스로의 의식 속에 사랑이라는 굴레를 씌워놓았을 땐 그렇게 간이라도 꺼내줄 듯 가까워지고, 같은 존재에게 어느 날 미움이라는 굴레를 씌워놓고선 철천지원수처럼 대하는 우리네 인생살이.

만약 지금 누군가를 미워하고 있다면 한 번쯤 그 미움이나 스스로가 만들어놓은 굴레가 아닌가 돌아보십시오. 만약 지금 누군가에게 몹시 미움을 받고 있다면 나를 향한 그 미움은 그 사람이 만들어놓은 굴레일 뿐이라 생각하고 초연해지십시오. 누군가 나를 미워하든 좋아하든 자신의 존재 자체가 달라지는 법은 없으니까요.

"오는 사람 막지 말고 가는 사람 잡지 말라"는 말이 있듯 순간순간 일어나는 자신의 감정을 그저 편안히 호흡하듯 지켜보십시오. 내가 지은 무반응이 상대에게 되돌아가는 짧지 않은 그 시간을 호흡하듯 가만히 바라만 보십시오. 미움이라는 굴레를 만들었던 상대가 제풀에 그 굴레에서 벗어날 때까지 그저 참고 조금 기다려보십시오.

잡다한 생각과 감정이 여전히 정리되지 않고 남아 있다면 크게 심호흡을 하면서 돌아보십시오. 그 생각과 느낌은 어디에서 온 것인가요? 혹시 누군가가 하는 행동과 말이 마음에 걸려 그 사람이 미워 보인다면 그 감정은 또 어디서 온 건지 가만히 지켜보십시오.

한 걸음 물러나 마음을 가라앉히고 보면 생각과 감정은 밑도 끝도 없는 곳에서 일어나 난데없는 파문을 일으킨 것임을 알게 됩니다. 그 이치를 알고 스스로 마음을 조절하면 모든 것이 고요해집니다.

아주 잠깐이라도 이런 '고요한 마음'의 경지를 맛보는 것은 신기한 일이지요. 나아가 그렇게 고요한 상태를 계속해서 유지하는 것은 정말 대단한 일입니다. 지금 인간관계에서 갈등을 겪고 있다면 스스로의 내면을 살펴보십시오. 만약 누군가를 미워하고 있다면 우리 내면은 단연코 고요함과 거리가 있을 것입니다.

어떤 사건이나 사람에 대한 적개심은 고요한 마음을 원하는 우리에게 저항으로 작용합니다. 그런 저항을 사라지게 하는 힘이 바로 자비심이지요. 자비심이란 자애·우정·선의·인정·우호·화합·비공격·비폭력 등의 의미가 깃들어 있는 마음이고, 남의 이익과 행복을 간절히 바라는 마음입니다.

온 세상을 다 물들일 것 같던 단풍도 지고, 가을이 남겨놓은 홍시 몇 개가 가지 끝에 대롱대롱 매달려 있습니다. 까치밥으로 홍시를 남겨놓는 농부의 여유 또한 미물에 대한 자비심이겠지요.

가지가 휠 만큼 주렁주렁 매달렸던 홍시 사이로 바쁘게 움직이던 청설모 생각이 납니다. 해마다 감이 익을 때면 찾아오던 녀석은 앞발로 딴 홍시를 감나무 가지 사이사이에 끼워놓더군요. 끼워놓고 또 따러 가고, 끼워놓고 또 따러 가곤 하던 청설모의 부지런함을 찬탄하는 사이 이렇게 가을이 다 가버렸습니다.

아무도 미워하지 않고, 아무도 적대시하지 않는 가을은 편안한 호흡처럼 그렇게 왔다가 또 가는가 봅니다.

미움에 묶여 살지 않는 삶

사람과 사람 사이의 신뢰는 깨어지기 쉽습니다. 한마디 말에 천 냥 빚을 갚기는커녕 해묵은 관계가 소리 내며 깨어집니다. 신뢰할 수 있는 사람은 언제나 나보다 남을 먼저 배려하는 사람입니다. 자기의 이익이 타인에게 손해를 끼치는 일이 되진 않는지 살펴보는 사람이 남을 배려하는 사람이지요. 배려받고 싶으면 먼저 배려해야 합니다. 신뢰받고 싶으면 먼저 신뢰해야 하지요.

살다 보면 필요할 때만 연락하는 사람을 만나기도 합니다. 그런 사람은 신뢰할 수 없는 사람이니 마음 주지 않는 것이 좋습니다. 그러나 내려놓고 바라보면, 그가 나를 필요로 하니 이 세상에 존재하는 나의 가치를 알아주는 것 아닌가, 그러니 고맙다고 여기면 내 마음이 편합니다. 때로는 속아주며, 비록 그가 그런 사람이 아니라 하더라도 내가 그를 신뢰하는 동안 그는 그런 사람입니다. 속는 것을 알고 속는데 두려울 게 뭐가 있겠습니까.

세상은 다양해서 원한을 용서로 갚는 사람이 있는가 하면 은혜를 섭섭함으로 되돌려주는 사람도 있습니다. 연못에 돌을 던지면 돌의 크기에 따라 연못의 파장이 다르게 오듯 용서와 배은망덕의 파문도 돌멩이 크기처럼 우주가 반응하는 크기는 달라집니다. 너무 높이, 너무 잘나가면 친구가 멀어지니 잘나갈수록 자기를 낮추는 게 좋습니다. 친구가 잘되는 것을 함께 기뻐하는 사람이 진짜 친구입니다. 그 밖에는 그냥 아는 사람이니 너무 가까워지면 곧 멀어지기 쉽습니다. 참으로 좋은 사이는 늘 그만큼의 거리에 있는 사이입니다.

잠도 안 올 만큼 분한 마음으로 누군가를 미워할 때 인생은 고통스럽습니다. 반면에 누군가를 사랑할 때 우리는 기쁨을 경험합니다. 고통을 선택할지 기쁨을 선택할지는 자신의 결정에 달려 있지요. 식당에 가서 원하는 음식을 결정하듯 깨어 있는 사람은 사랑과 미움도 스스로 결정합니다. 기쁨을 원하면 사랑을, 고통을 원하면 미움을 결정하면 됩니다.

누군가를 미워할 때
인생은 고통스럽습니다.
반면에 누군가를 사랑할 때
우리는 기쁨을 경험합니다.
고통을 선택할지 기쁨을 선택할지는
자신의 결정에 달려 있지요.

잘 용서가 안 된다면
우선 상처 준 그를 향해 이렇게 속삭여보세요.
"나와 똑같이 저 사람도
삶에서 행복을 찾고 있다."

그러나 사람에게 받은 상처는 용서와 화해로만 풀 수 있지요. 그 용서가 말처럼 그렇게 쉽지만은 않습니다. 잘 용서가 안 된다면 우선 상처 준 그를 향해 이렇게 속삭여보세요.

"나와 똑같이 저 사람도 삶에서 행복을 찾고 있다."

　타인을 이해하고 받아들인다는 일이 때로는 껍질을 깨듯 아프고 힘듭니다. 그러나 그 아픔을 통과하지 못하고선 참된 평화와 사랑이 찾아오지 않습니다. 누군가를 미워하는 일은 아프고 괴로운 일인데도 우리는 그 고통을 즐기기라도 하듯 미움에 묶여 살기 쉽습니다. 인간관계의 갈등이 빚어질 때 타인의 허물만 탓하며 분노하는 한 자기 성장은 이루어지지 않습니다. 연못에 내 모습이 비치듯 타인은 나라는 연못에 비친 내 그림자입니다.

세 걸음

✕

생각 하나쯤
덜어내고

허물어지는 남대문을 바라보며

1960년대 서울엔 레일을 따라 길 한복판을 가로지르는 전차가 있었지요. 전차를 타고 어른들께 심부름 가던 생각이 납니다. 지금도 기차를 타면 향수에 잠기듯이 그 당시 서울의 전차는 제게 기차 여행만큼이나 행복감을 느끼게 했습니다.

전차를 타고 가다가 내려서 다시 버스로 갈아타고 남대문 앞을 빈번하게 다녔지요. 출가한 뒤 사미니 시절에는 서울 노스님(해인사 노스님과 서울 노스님 두 분이 계셨습니다)이 지팡이 짚고 나서면 저는 그 뒤를 따라 시장에 가곤 했습니다. 버스가 광화문을 지나면 어느 사이 저 멀리 남대문이 웅장하게 보였고, 저기를 한 바퀴 돌아가면 재미있는 시장 구경이 벌어질 것이라는 생각에 근처에만 가도 즐거워지기 시작했습니다.

그 당시 남대문은 제게 다양한 물건과 사람들을 만나게 해주는 또 다른 세상으로 통하는 문이었답니다. 노스님이 장 보시다가 호떡 하나 사주시면 세상에서 그렇게 맛있는 것을 먹어본 일이 없어서 손에는 주렁주렁 짐을 들고도 싱글벙글 좋아하기만 했습니다.

그렇게 어린 사미니가 부처님과 시주자들께 올릴 공양물을 마련하러 오고 가는 것을 묵묵히 지켜보면서 그 자리에 늘 지키고 서 있던, 일주문 같았던 남대문.

그 문이 화재에 타오르는 장면을 보는 것은 추억이 타버리는 것 같은 충격이었습니다. 그것은 열여섯 어린 사미니가 승복 자락 속에 품고 있던 오래된 꿈이 타오르는 것과 같았습니다.

참으로 궁핍하던 시절이었지만 지나고 나서 돌이켜보면 참으로 행복한 시절이었으니 행복은 정말 물질이 풍요롭다고 따라오는 게 아닌 모양입니다. 그렇게 시장을 따라나섰다가 노스님께서 하얀 돼지 표 고무신이라도 하나 사주시는 날엔 입이 귀에 걸릴 만큼 기뻤습니다. 신발은 언제나 여자 고무신도 아닌 남자 고무신이었지만 그 고무신이 빨리 닳을까 봐 평소엔 다 떨어진 신발만을 신고 다녔지요. 새로 산 고무신을 신고 나들이라도 가게 되면 모두가 제 고무신을 봐 주는 것 같아서 발길은 구름처럼 가벼웠습니다.

한 더미 재로 변해버린 남대문이 제게는 그동안 잊고 지냈던 어린 시절의 초발심을 떠올리게 하는 경책이 되고 있습니다. 너무 가까이 있어 잊은 듯 지냈었고, 아무 말 건넨 적이 없어 자주 돌아보지도 않았던 남대문이 한순간 와르르 무너지는 것을 지켜보며 내가 하는 이 마음공부 또한 스스로 체험한 것이 아니면 쉬 허물어지고 말 것임을 아프게 깨닫습니다. 존재하는 모든 것은 인연과 인연이 만나 잠깐 존재하는 듯이 보이지만 인연이 다하면 흩어져 사라지는 무상한 것이라는 사실을 한 줌 재가 되어버린 남대문을 보며 깨닫습니다.

눈앞에 보이는 형상에 집착하는 한 진리의 참모습 볼 수 없고, 밖에 나타난 세계가 본래 비어 있음을 알지 못하면 불성의 찬란한 성품 자리도 깨닫지 못할 것입니다.

600년이라는 역사의 의미가 무엇이겠습니까? 시간은 우리가 기억하는 의식의 범위 안에서 존재할 뿐, 그 경계를 허물면 사라져 안도 밖도 없어집니다. 천년을 울려 퍼지던 동종도 불의 기운에는 한 방울의 물이나 흙으로 사라지며, 수천 년 미소 짓던 불상도 불을 만나면 재로 돌아갑니다.

남대문의 몰락 앞에 가슴이 뻥 뚫린 듯 허전한 것은 우리가 불성의 참 자성을 알지 못하기 때문이겠지요. 무엇인가가 영원히 거기 있기를 바라는 집착이 허전함을 가져오는 것은 아닐까요? 우리가 사소하게 붙들고 매달리는 것들의 실체를 분명히 깨닫고 알아 다시 한번 공부의 경책으로 삼아야 합니다. 없어지는 것도, 사라지는 것도 아닌, 오직 진리를 등불 삼아 오늘도 마음자리 밝히시기 바랍니다.

누구세요?

누가 와도 선뜻 문을 열어줄 수 없는 무서운 세상에 산다는 말씀을 듣고 느끼는 바가 많습니다. 저 또한 집에 갔다가 문을 열어주지 않아 한동안 바깥에서 기다린 적이 있지요. 약속을 한 주인이 길이 막혀 늦게 오는 바람에 집 안에 있던 가사도우미 아주머니가 문을 열어주지 않았던 것입니다. 그 흔한 휴대전화도 갖고 있지 않은 제게 연락할 길은 없고, 막히는 길 위에서 애만 태우던 주인은 뒤늦게 집으로 전화를 한 모양입니다. 연락을 받은 가사도우미 아주머니는 그제야 문을 열고 아파트 바깥까지 저를 찾아 뛰어나왔습니다.

어디 가서 문을 두드릴 때, 얼굴도 내밀지 않은 상태에서 상대가 "누구세요?" 하고 물으면 정말 뭐라고 대답해야 할지 난감할 때가 많습니다. "스님입니다" 하면 "네? 누구요?" 하는 반문이 날아오고, "절에서 왔습니다" 하면 "뭐라고요? 어디요?" 하는 반문이 날아오기 십상이니까요.

그러나 그날 가사도우미 아주머니의 "누구세요?"라는 물음 앞에서 저는 깨달은 바가 있었습니다. 문구멍을 통해 본 제 차림새가 낯설었던지 문을 열어주지 않던 그 아주머니 덕에 바깥에서 기다리는 동안 "나는 정말 누구인가?"라는 질문을 스스로에게 던지게 되었으니까요.

"누구세요?"라는 질문에 선뜻 답할 수 있는 이는 아마 깨달은 자일 것입니다. 내가 누구이며, 어디서 왔다가 어디로 가는지를 알고 있는데 애써 더 무엇을 구하려 헤매겠습니까.

그날 아파트 바깥에서 기다리는 동안 나는 중국의 대선사 황벽스님 이야기를 되씹어봤습니다.

백장스님의 법을 이어받은 황벽스님이 자신을 감추고 어느 절에 기거하고 있었을 때 일입니다.

황벽스님은 스스로를 드러내지 않고 청소를 거들며 절밥을 얻어먹고 있었는데 하루는 배휴라는 관리가 절에 왔다가 벽에 걸린 고승의 초상화를 보고 주지에게 물었습니다.

"그림 속의 고승은 어디 있소?"

주지는 그만 대답할 말을 찾지 못해 당황할 뿐이었습니다.

"이 절엔 고승이 없나 보군요."

그림 속의 고승에 빗대어 은근히 덕 높은 스님이 없음을 힐난하는 배휴의 말에 주지는 황급히 뒤뜰에 있던 황벽스님을 모시고 왔습니다.

"고승은 어디 있소?"

다시 배휴가 황벽스님을 채근했지요. 그 순간 황벽스님이 벽력같이 소리를 지르며 배휴의 이름을 불렀습니다.

"배휴!"

"네!"

얼떨결에 배휴도 따라서 대답했지요.

"당신은 지금 어디 있소?"

그 소리에 배휴는 자신을 돌아봤습니다. 그림 속의 고승이 어디 있느냐고 채근하듯 묻던 배휴는 그제야 스스로를 살펴보며 그때까지 자신이 어디 있는지, 자신이 누구인지도 모르고 있었다는 사실을 깨닫게 된 것입니다.

살아가는 동안 우리는 내가 누구인지 그리고 어디서 왔는지 아무 생각 없이 살 때가 많습니다. 내가 누구인지 알고 있는 사람도 드물지만, 내가 누구인지를 모르고 있다는 사실을 알고 있는 사람도 흔치 않습니다. 자신이 아무것도 모르고 있다는 그 사실을 깨닫기까지도 적지 않은 시간이 필요한 것입니다.

흔히 우리는 내 몸이 '나'라고 생각하고 살아갑니다. 그러나 내 몸이 '나'라면 몸은 왜 내 뜻대로 되지 않을까요? 내가 '나'라고 여기는 것이 내 몸이라면 몸의 모든 부분이 손가락 구부리듯 내 뜻대로 되어야 하는 것 아닐까요? 내 몸에 퍼지고 있는 암세포와 내 몸을 힘들게 하는 그 모든 상처들을 내 뜻대로 할 수 있어야 하지 않을까요?

남의 몸을 내 마음대로 할 수 없듯 내 몸 또한 내 뜻대로 되지만은 않습니다. 내 뜻대로 되지 않는 몸을 과연 진정한 '나'라고 할 수 있을까요?

우리 몸을 구성하고 있는 수많은 세포는 끊임없이 생멸을 반복하고 있습니다. 하나의 세포가 죽는 동안 다른 하나의 세포가 태어나고, 새로 태어난 세포가 살다가 죽는 사이에 또 다른 무수한 세포들이 주기를 달리하며 태어나고 죽고를 반복합니다. 그렇게 서로 뒤섞여 죽고 태어나고를 거듭하는 몸을 '나'라고 여긴다면 '나'는 도대체 그 많은 세포 가운데 어디서 어디까지일까요?

또 판사니 검사니, 약사니 의사니, 교사니 학생이니 하는 내가 입고 있는 옷을 '나'라고 생각한다면 그 옷을 벗는 순간 나는 다른 '나'가 되는 건가요? 삶 속에서 우리가 입고 있는 이 옷 또한 참된 '나'는 아닙니다. '나'라는 존재를 포장하고 있는 이 옷을 우리는 '나'라고 착각하고 살 때가 많습니다. 물질 또한 마찬가지여서 지금 내가 쥐고 있는 돈 몇 푼이 '나'를 지탱해줄 줄로 알지만, 물질이란 있다가 없어지기도 하는 것이라 그 또한 진정한 '나'가 될 수 없습니다.

구도의 길이란 결국 나를 찾는 여정입니다. 내가 누구인지 모르고 있다는 사실을 아는 것에서부터 시작된 그 길은 내가 누구인지 알게 되는 순간 마감되는 어떤 것입니다.

끊임없이 자신을 탁마한다는 점에서 혜옹선사가 말한 '줄탁동시啐啄同時'의 화두는 수행자뿐 아니라 뭔가를 이루고자 하는 사람들도 되씹을 점이 많습니다. 부화되지 않은 병아리가 알 속에서 껍데기를 쪼아대는 것을 줄啐이라 하고, 어미 닭이 달걀 밖에서 껍데기를 쪼는 것을 탁啄이라 하는데, 결국 이 말은 사제지간의 연분이 서로 무르익음을 비유하는 말입니다. 이처럼 줄과 탁이 동시에 이루어질 때 병아리가 알껍데기를 깨고 나오듯 우리가 삶에서 이루고자 하는 것도 안팎의 노력이 함께 있을 때 성사되는 법이지요.

바깥으로 나오겠다는 의지 하나로 병아리가 알을 쪼아대듯 '나는 누구인가?'라는 의문 하나가 우리를 깨달음의 길

판사니 검사니, 약사니 의사니, 교사니 학생이니 하는
내가 입고 있는 옷을 '나'라고 생각한다면
그 옷을 벗는 순간 나는 다른 '나'가 되는 건가요?
삶 속에서 우리가 입고 있는 이 옷 또한
'참된 '나'는 아닙니다.
'나'라는 존재를 포장하고 있는 이 옷을
우리는 '나'라고 착각하고 살 때가 많습니다.

로 이끌 수 있으리라 생각합니다. 문을 두드리는 순간 들려오는 "누구세요?"라는 물음을 화두 삼아 '나는 누구인가?' 스스로를 줄탁하다 보면 내 속에 있던 병아리가 언젠가 알을 깨고 나올 테니까요.

한 번쯤 하던 일 멈추고 생각해보십시오. 나는 누구입니까?

물속의 물고기가 목마르다 하네

스님,

그동안 평안하셨습니까? 헤아릴 수 없이 많은 세월이 담장 넘듯 훌쩍 넘어가버린 지금, 돌이켜보면 모든 것이 참 아름다웠다는 생각이 드는군요.

일꾼들을 따라 모내기도 거들고, 노스님과 함께 밭농사, 과일 농사를 지으면서 시간 가는 줄 몰랐던 그 시절이 꿈같이 아득하게 느껴집니다. 세상과 일에 대해 아무것도 모르던 풋내기 아기 중인 저를 언제나 그윽한 미소로 바라보며 사랑해주셨던 스님의 그 자비로운 모습…….

줄줄이 따라 나오는 감자가 너무도 신기해 환호성을 지

르며 즐거워하는 제게 스님은 넌지시 일거리를 던져주시며 더 많은 감자를 캘 수 있도록 비켜주곤 하셨지요. 오히려 일만 더디게 할 뿐인데도 자꾸 나서는 저를 스님은 환하게 웃으며 지켜보셨습니다.

참으로 오랜만에 이렇게 스님께 안부 올리는 지금, 제 마음은 그 옛날로 돌아가 있습니다. 포도가 송이송이 달려 있던 포도밭도 떠오르고, 배밭을 비롯한 전답들이 한 폭의 그림처럼 눈앞을 채우며 지나갑니다.

유난히 나무와 꽃을 사랑하셨던 스님의 뜨락에는 갖가지 꽃나무가 있었지요. 거대한 감나무와 은행나무, 가을이면 주먹만 한 열매가 달리는 호두나무가 일주문처럼 서 있는 마당을 지나 귀엽고 작은 기와를 이고 있는 쪽문을 밀고 들어서면 나타나던 스님의 방, 미음(ㅁ) 자형으로 생긴 마당 가득 난초와 분재들이 합장하듯 줄지어 있던 그 풍경은 오랜 세월 스님 곁을 떠나와 있는 제 가슴속에 등불처럼 환하게 남아 있는 추억입니다.

벽을 마주하고 참선하는 시간 외엔 늘 농사를 지으시던 스님 모습이 떠오릅니다. 스님은 늘 말씀에 앞서 행동으로 모든 것을 보여주셨고, 꾸지람보다 미소로 대하시며 스스로 알아차리도록 하셨지요.

"너는 중노릇 잘해서 세상에 빛이 될 아이니 어떤 어려움이 있더라도 항상 인내하며 겸손해라."

등을 토닥거리며 격려하시던 스님의 그 음성과 따스한 손길이 오랜 세월이 지난 지금도 그대로 느껴집니다. 돌이켜보면 저는 그때 그 칭찬 듣는 것을 좋아하던 철없는 아이였지요. 스님 말씀처럼 세상의 빛이 되려면 늘 깨어 있어야 한다는 것을 알기까지도 한참의 세월을 더 보내야 했던, 그런 철부지 아기 중이었습니다.

스님,

짧다면 짧고 길다면 긴 시간 동안 저 역시 정진하며 살아왔습니다. 그러나 내가 누구인지, 어디서 와서 어디로 가는지 정말 알고 싶었고 진리에 대한 갈증은 해가 갈수록 점점 더해만 갔습니다. 불법을 전해야겠다는 의욕만 앞섰을 뿐 저 스스로 절절히 체험하지도 못한 것들을 마치 경전을 암송한 앵무새처럼 외고 다녔던 저는 물속에 있으면서도 물이 뭔지 모르는 물고기 같았습니다.

스님, 기억하시는지요?

"저 뜨락에 있는 분재를 방으로 가져와 곰팡이를 닦아주거라."

그때 스님의 뜻을 알아차리지 못한 저는 아무 생각 없이 그저 육안으로 보이는 흰 곰팡이만 닦아냈습니다. 그러나 그때의 그 일이 이제야 새롭게 다가오고 있습니다. 〈물속의 물고기가 목마르다 한다〉라는 카비르의 시처럼 보면서도 보지 못했던 그 일들이 왜 그랬는지 이제야 알 것 같습니다. 수많은 선사들의 일화를 되씹으며 그 말의 뜻이 바로 이거였구나 하고 깨닫기도 합니다.

"깨달음이 어디에 있느냐?"라고 묻는 제자에게 "깨달음이란 눈앞에 있는 것"이라고 한 어느 선사의 대답 속에서 예전엔 몰랐던 사실을 찾아내기도 합니다. 눈앞에 있는 진리를 왜 보지 못했는지, 그렇게 찾으면서도 왜 아무것도 찾을 수 없었던 건지…….

"깨달음이란 나라는 생각이 있는 한 알아보지 못한다"라고 말하는 선사를 향해 제자는 "제가 나라는 생각이 있어서 알아보지 못한다 하시면 그럼 스님은 깨달음을 알아보십니까?" 하고 되묻습니다. 그런 제자의 물음에 선사는 "내가 있는데 거기다 너까지 있게 되면 깨달음은 더욱 알아볼 수 없다"라고 대답하지요. 그러나 제자는 다시 "그럼 나도 없고 남도 없는 경지가 되면 알아볼 수 있는 것입니까?" 하고 물어옵니다.

"나도 없고 너도 없는데 누가 알아볼 수 있겠느냐?"

선사의 마지막 말은 그것이었습니다. 그제야 문득 예전 일을 떠올렸지요. 곰팡이를 닦으라는 스님 말씀에 흰색으로 보이는 것들만 열심히 닦아내던 저는 곰팡이와 나를 별개의 것으로 구별 짓고 있었습니다.

닦으라는 마음은 닦을 줄 모르고 그렇게 곰팡이밖에 볼 줄 몰랐던 시절이 그때였습니다. 그러나 그렇게 한 시절이 지나가고 나자 탁자 위에 놓인 과일을 보다가 홀연 무상無常에 대한 생각을 하는 시절이 찾아왔습니다. 하루가 가고, 이틀이 가고, 보름이 지나자 과일은 물기가 마르고 쪼그라들며 서서히 곰팡이가 슬기 시작했지요. 변하지 않는 것은 없다는 사실을 과일은 온몸으로 증명해 보인 것입니다.

모든 것은 변하고, 변하지 않는 것은 오직 하나, 모든 것은 변한다는 사실뿐이라는 생각을 하자 백골관白骨觀(해골을 바라보며 육체의 무상함에 대해 성찰하는 불교의 수행법)이 떠올랐습니다. 무상을 깨우치기 위해 지금도 태국 국경의 어느 절에선 법당에 해골을 놓아두고 백골관을 하고 있다고 합니다. 더구나 해골의 주인은 미스 타일랜드로 선발되어 아름다운 외모로 한 시절을 풍미했던 여인이니 무상을 공부하기에 이보다 더 좋은 교재가 어디 있겠습니까.

미인이건 그렇지 않건 죽고 나면 똑같이 썩습니다. 이것이 바로 무상의 진리가 일깨워주는 사실입니다. 썩어간다는 사실 하나만 놓고 본다면 인간이 과일과 다를 건 또 뭐 있겠습니까? 물기가 빠지면 쭈그러드는 것이 과일과 인간이 다를 게 뭐 있겠습니까?

모든 것이 무상하다는 사실뿐 아니라 들판의 풀 한 포기도 하늘의 별과 무관하지 않다는 사실을 알기까지도 많은 시간이 흘렀습니다. 곰팡이를 통해 참된 나를 보라고 일깨워주신 스님의 가르침을 알아차리기까지 그렇게 청춘의 한 시절이 훌쩍 지나갔습니다.

지금은 세상에서 일어나고 있는 일들이 서로 어떤 연관을 가지고 있는지 알기에 답답함은 사라졌습니다. 왜 내가 여기 있는지, 무엇 때문에 이 세상에 오게 됐는지를 비로소 알게 된 지금, 모든 존재와 모든 인연에 감사드립니다.

깨달음에는 본래 나무가 없고
맑은 거울엔 경대가 없다.
본래 한 물건도 없으니
어느 곳에 티끌과 먼지가 일어나리오.

곰팡이를 통해 저를 깨우치려 하셨던 스님께 머리 조아

리며, 혜능대사의 게송을 적어 스스로를 돌아봅니다. 우리의 본래 면목은 이미 깨달은 상태이기에 깨달음이란 구하고 얻는 것이 아니라 단지 기억하기만 하면 될 뿐이라는 그 말씀 받들어 자신을 성찰하겠습니다.

달마대사의 눈꺼풀

일운스님,

공해로 찌든 서울에도 이제 가을볕이 내려앉고 있습니다. 스님이 계시는 불영사는 한층 더 아름다워지고 있겠군요. 감탄사 외에 다른 말이 필요 없을 불영계곡의 가을이 제 가슴속으로 단풍잎처럼 떨어지고 있습니다.

도반을 따라 처음 불영사를 찾아갔을 때가 생각납니다. 기암괴석이 가득하던 계곡을 바라보며 입을 다물지 못하던 기억이 선명하네요. 그때만 해도 불영사는 오지 중의 오지에 있는 절이었지요. 아침 일찍 출발했는데도 밤늦어서야 도착했고, 버스에서 내려 절까지 어두운 밤길을 또다시 한

참 걸어 올라가야 했습니다.

길인지 숲인지 분간할 수도 없는 길을 도반스님은 거리낌 없이 시원시원하게 찾아가더군요. 자신이 출가한 절이 바로 불영사였던 그 도반과 함께 인사를 올리자, 그 당시 주지스님이셨고 지금은 선원장이신 일휴스님께서 늦은 시간이었는데도 저녁을 내주시고 차까지 직접 달여주시며 다정하게 맞아주셨지요. 그때 일휴스님의 그 맑고 깨끗한 기품은 불영사의 아름다움과 잘 어울렸습니다.

지금도 잊을 수 없는 추억으로, 그때 먹었던 연시 맛이 떠오르는군요. 누각처럼 생긴, 한옥의 창고 같기도 하고 아닌 것 같기도 한 그런 곳에 줄지어 놓여 있던 연시들. 초겨울의 차가운 공기를 머금고 있던 그 연시는 정말 입에 넣기만 하면 살살 녹아 사라져버리곤 했지요. 그 후로 지금까지 불영사의 연시 같은 연시 맛은 보지 못한 것 같습니다. 깊은 산중의 맛이라 먹을 것이 귀했고, 그 연시도 아마 스님들의 겨울 양식이었겠지요.

불영사를 떠올리면 생생하게 기억나는 장면이 하나 더 있습니다. 그날 밤 11시가 넘어 대중이 모두 잠든 시각, 갑자기 밖에서 "스님, 스님" 하고 부르는 남자 목소리가 들려왔습니다. 뒤따라 이번엔 여자 목소리도 들려왔지요. 거듭

해서 부르는 소리에 불을 켜고 나가봤더니 후포에 살고 있는 한 부부가 그날 바다에서 수확한 미역과 다시마 등을 맨 먼저 절에 공양 올리겠다며 찾아온 것이었습니다.

날이 밝은 뒤에 찾아와도 될 텐데 그 첩첩산중 밤길을 걸어서 온 부부의 정성에 저는 놀랐습니다. 일휴스님께선 활짝 웃으시며 그분들께 짧게 축원을 해주셨고, 그분들은 아침 일찍 또 배를 타고 바다로 나가야 한다며 선걸음에 돌아갔지요.

바닷가에 사는 사람들 중에 불교 신자들은 배를 타고 나가 수확한 것이면 뭐든 제일 먼저 불영사 부처님과 스님들께 공양 올린다는 소리를 듣고 감동과 함께 숙연한 마음이 들더군요. 그분들의 순박한 모습과 청정한 공양에 부끄럽지 않게 밤낮없이 수행 정진하는 선방 스님들의 모습은 세월이 흐른 지금도 제 가슴에 한 폭의 그림처럼 남아 있습니다.

불영계곡의 아름다움을 고스란히 품에 안은 절집 불영사가 제게 더욱 각별한 것은 거기에 일운스님이 계시기 때문입니다. 스님을 떠올리면 차 향기가 떠오르고, 엽렵히 후배를 보살피는 그 마음이 떠오릅니다. 눈부신 가을을 품고 있는 계곡이나, 선경을 비춰내는 불영사의 아름다운 연못이 몇 개씩 더 있다 한들 자신을 알아주는 한 사람의 선배가 있다는 기쁨에 비할 수 있겠습니까.

제가 무슨 부탁을 하건 스님은 한 번도 거절하신 적이 없으셨지요. 누군가 세상에 치인 몸과 마음을 쉬고 싶어 절을 찾을 때 저는 언제나 불영사를 추천했고, 스님은 그때마다 늘 "그래, 그래. 어서 오시라고 해" 하시며 기꺼이 받아주셨지요. 혹시 선방 스님들께 피해를 줄까 싶어 조심스럽게 여쭈면 스님은 오히려 "우리만 좋은 곳에 살면 되나. 서로 나누고 공유해야지. 사실은 스님들보다 일반인들이 더 사찰에 와서 마음을 내려놓고 쉬었다 가야 하는 것 아닐까" 하시며 제게 용기를 주곤 하셨습니다.

좋은 차를 구하면 언제나 제게 보내주셨고, 귀한 물건도 아낌없이 보내주시곤 했지요. 스님이 주신 차를 받을 때마다 저는 향기로운 그 차가 정진을 재촉하는 스님의 독려이자 격려라 여겨 풀어지는 마음을 다잡곤 했습니다. 어디서 구하시는지 스님이 보내주신 차는 어김없이 최상의 향기와 맛을 전했고, 저는 그 향기를 스님의 마음이 담긴 향기라 생각했습니다.

차 이야길 하다 보니 달마대사 이야기가 생각나는군요. 정진하던 달마대사가 끊임없이 찾아오는 수마睡魔와 싸우다가 눈꺼풀이 얼마나 무거운 것인지 절감하고 자신의 눈꺼

풀을 싹둑 잘라버렸다고 하지요. 다인茶人들 사이에 전해 내려오는 이야기로는, 달마대사가 잘라내 버린 그 눈꺼풀이 차의 씨앗이 되었고, 잎사귀가 돋아나 차가 되었다고 합니다만…… . 차를 마시면 정신이 맑아지는 이유를 다인들은 그렇듯 달마대사의 일화를 빌려 설명하고 있습니다.

몇 해 전 중국 여행길에 달마대사의 흔적을 따라 숭산까지 간 적이 있습니다. 스님도 아시다시피 숭산은 소림사가 있는 곳이고, 소림사 뒤편 산속엔 대사가 면벽 수행하던 토굴이 그대로 남아 있지요.

탑을 쌓고 절을 짓는 등 수많은 불사를 한 황제가 자신의 공덕이 어떠냐고 묻자, '무無'라는 대답을 남긴 뒤 숭산으로 들어가 버린 달마대사는 그 당시 중국 불교의 허례허식을 '무'라는 그 한마디로 지적하고자 했을 것입니다. 꼬박 9년이란 세월을 벽만 보고 앉아 있던 달마의 자세 또한 불교 밖에서 불교를 구하는 어리석음에 일절 대응하지 않는다는 뜻이 숨어 있는 건 아닐까요?

그런저런 사연들을 떠나 정작 숭산을 찾은 저를 전율케한 건 소림사에 남아 있는 바위 하나였습니다. 소림사 한쪽에 기념비처럼 모셔져 있던 그 바위. 바위를 보는 순간 저는 강한 충격을 받았습니다. 그건 정말 망치로 얻어맞은 듯한

세상엔 서로를 험담하고
괴롭히는 인간관계도 많은데,
누군가 자신을 인정해주고 돕고
격려하는 사람이 있다는 것은
큰 행복이라 생각합니다.

충격이자 감동이었습니다. 마치 살아 있는 역사 속에 저 자신이 통째로 새겨진 듯하던 그 감동은 다름 아닌 바위에 박혀 있는 달마의 그림자 때문이었습니다. 면벽 참선하는 대사의 그림자가 바위에 새겨져 생생하게 전해지고 있었던 것입니다.

믿어지지 않는 일이지만 그건 제 눈으로 본 현실이었습니다. 뚜렷하게 새겨져 있는 달마의 그림자 앞에서 저는 한동안 숨도 쉬지 못하고 그저 얼어붙은 듯 나무아미타불만 되뇌었을 뿐입니다. 감동에 겨웠던 그날 이후 저는 문헌 속에 남아 있는 박제된 역사로서의 진리가 아닌, 살아 있는 진리의 향기 속에 살겠다고 서원했습니다. 비록 바위에 새겨져 후대에 전해질 만큼 치열한 정진은 아니라 하더라도 몸에 걸친 먹물 옷이 부끄럽지 않게 열심히 한생을 살다 가리라 마음먹었습니다.

떨어지는 나뭇잎 하나가 삶의 무상함을 알려주는 이 가을, 나날이 빛깔 짙어지고 있을 불영사의 단풍을 떠올리다 스님 생각을 했고 이야기가 이렇게 달마스님까지 이어졌군요.

일운스님, 세상엔 서로를 험담하고 괴롭히는 인간관계도 많은데, 누군가 자신을 인정해주고 돕고 격려하는 사람이 있다는 것은 큰 행복이라 생각합니다. 스님의 큰마음을 본 받아 저 또한 누군가에게 항상 작은 도움이라도 주며 살 수 있도록 정진하겠습니다.

보내주신 차를 마실 때마다 달마의 눈꺼풀을 떠올리고, 바위에 새겨진 치열한 그림자를 떠올리겠습니다. 공부하는 후배들을 위해 아낌없이 마음 내는 스님의 덕과 향기가 아름다운 가을 속에 널리 퍼질 것을 기대하며 안부 전합니다.

선다암에서 보내는 겨울

　추위에 얼어 죽을까 염려해 짚으로 만든 겨울옷을 능소화에 입히고, 황토 발라 만든 벽난로에 장작불 지피며 선다암의 겨울은 시작됩니다.

　참선 선禪 자에 차 다茶, 암자 암庵, 선다암은 산동네의 쓰러져가는 집을 구해 처음 암자를 올릴 때 선과 차의 향기를 떠올리며 지은 이름입니다. 마음이 따뜻한 사람들이 모여 만든 이 작은 암자는 건물의 바닥 면적이 스무 평밖에 안 되지만 내부가 황토와 나무로 되어 있고, 산꼭대기에서 바라뵈는 전망이 좋아 오시는 분마다 한마디씩 찬사를 던지십니다.

불과 15분만 걸어 내려가면 닿는 아랫녘보다 수은주가 3~4도는 더 낮아 오랫동안 눈이 녹지 않고, 꽃도 늦게 피는 선다암이지만 소리 죽여 타오르는 사과나무 장작불이 있어 유난히 겨울이 아름답고 따뜻한 곳이기도 합니다. 눈이 내리면 마치 깊은 산중의 암자처럼 고요해지는 선다암은 무엇보다 시끄러운 세상사를 피해 있는 듯 없는 듯 마음공부하기 좋은 곳입니다.

"눈을 들어 산등성이를 보는 사람은 꿈꾸는 자이며, 눈을 반쯤 내리뜨는 사람은 사유하는 자이고, 눈을 수직에 놓는 사람은 행동하는 자이다"라는 말을 어디선가 들은 적이 있지만, 사람으로 비유하자면 선다암은 눈을 감고 조용히 자신의 내면을 들여다보는 수행자 같다고 할 수 있습니다.

겨울 휴가를 산사에서 보내고 싶어 하시는 뜻을 이 작은 암자가 만족시켜드릴 수 있을지 모르겠습니다만, 시와 음악을 좋아하고, 묵상을 통해 스스로를 다스려온 분께 선다암은 사과나무의 은은한 불길 같은 고요함을 누리기에 부족하지 않으리라 생각됩니다.

음악 또한 저녁이면 가끔 치는 동종銅鐘 소리와, 치마바위를 하산하는 겨울바람이 처마에 매달린 풍경과 어울리는 소리가 들을 만하니 기대해도 좋습니다. 온통 나무로 되어

있는 집인지라 집 자체가 악기 역할을 해 이곳에서 듣는 종
소리는 그것 자체로 여운 있는 음악입니다.

한 발 한 발 크리스마스가 다가오고 있으니 혹 캐럴이라
도 듣고 싶을 땐 그 또한 걱정하실 것 없습니다. 어떤 분들
은 스님도 캐럴을 듣나 하고 의아해합니다만, 이것은 천주
교의 것, 저것은 불교의 것 하고 구분하는 버릇은 종교에 대
한 인간의 분별심일 뿐 진리와는 상관없는 일이라고 생각
합니다.

진리는 결코 누구의 것이라고 나눌 수 없으며, 누군가의
전유물도 아닙니다. 진리란 언제나 그것을 발견한 사람들에
의해 빛을 내는 것일 뿐, 아직도 내 것, 네 것 구분하는 사람
이 있다면 한 해가 가기 전에 잘못된 생각 하나쯤 덜어내고
걸림 없는 삶을 살았으면 합니다.

감자를 구우며 수녀님을 기다립니다

세상이 온통 하얗게 바뀐 날, 새들은 정말 어디서 자고 나올까요? 눈이 오나 비가 오나 깃털 하나 젖지 않는 새들은 한 생을 그렇게 멋쟁이로만 살다 갈 모양입니다. 시를 읽다가 문득 순수한 수녀님 얼굴이 떠올라 편지를 씁니다.

지난겨울, 휴가를 보낸 뒤(수녀님들은 휴가를 피정이라고 부르나요?) 문을 나서며 수녀님은 내년 겨울에도 꼭 아궁이에 감자를 구워 먹자며 웃으셨지요. 활활 타는 장작불 속에 집어넣은 감자가 타지 않고 알맞게 익어가는 걸 보고 즐거워하던 수녀님은 소녀처럼 발갛게 홍조 띤 얼굴이었습니다.

좋아하는 사람들과 행복한 시간을 보내던 선다암이었는데 올겨울은 어쩌면 선다암에서 보내는 마지막 겨울이 될지도 모르겠습니다. 감자도 선다암에서 구워 먹는 마지막 감자가 될지 모르겠고요. 모든 일이 그러하지만 마지막이라 생각하고 사물을 보면 무심코 지나쳤던 것들에도 한 번 더 눈길이 갑니다.

뒤뜰에서 올려다보이는 저 치마바위도 마지막일지 모릅니다. 아니, 마지막이란 말은 맞지 않군요. 나 아닌 누군가가 또 이 자리에서 치마바위를 올려다보거나 장작불을 지피며 깊어가는 겨울에 매료되곤 할 테니까요.

입고 있는 옷도 다르고, 가는 길마저 다른 우린 어떻게 만나 이렇게 친구가 되었던가요? 돌이켜보면 제겐 수녀나 원불교의 정녀 같은, 종교가 다른 수행자 친구가 적지 않습니다. 진리라는 큰 바닷속에서 종교란 이름은 사실 바깥에 걸쳐 입은 옷일 뿐이지요. 주어진 생을 끝낸 뒤 불교도가 가는 곳과 천주교도가 가는 길, 원불교를 종교로 삼은 분들이 가는 데가 따로 있다고 생각하지 않습니다.

서로 종교가 다르다는 이유로 적대시하거나 생명을 해치는 일만큼 어리석고 폭력적인 일은 없지요. 아무리 많이 배웠다 해도, 아무리 많이 가졌다 해도, 또는 자신이 속한 종교 집단에서 아무리 높은 지위에 있다 해도, 다른 이의 종교를 향해 열려 있지 않은 이는 구도의 길 운운하기엔 아직 가야 할 길이 멀다고 생각합니다.

방송을 하던 시절, 크리스마스 특집을 한 적이 있습니다. 그 당시 저와 함께 방송을 하던 제작진 역시 열린 분들이라 크리스마스가 되기 며칠 전부터 우린 캐럴을 내보냈고, 크리스마스엔 축하 메시지를 내보내기도 했습니다. 불교도인 우리가 부처님 오신 날을 기뻐하듯 그리스도교 신자들이 예수님 오신 날을 기뻐하는 것은 당연한 일이고, 이웃집 잔치를 축하하는 것 또한 마땅하고 아름다운 일이라고 여겼기 때문입니다.

그날 이후 제가 진행하던 프로그램엔 세례명을 밝히며 전화를 걸어오는 천주교 신자가 많았습니다. 그때 그분들과의 인연이 아직도 이어지고 있는 경우도 있지요. 수녀님 중에서도 그때 맺은 인연으로 가깝게 지내는 분이 있습니다.

그 시절, 수녀님이 절집에서 묵고 가셨듯 저 역시 수녀원에서 잔 적이 있습니다. 수녀원뿐 아니라 신부님 초대로 수도원에 딸린 명상의 집에서 잔 적도 있지요. 살아가는 방법과 진리를 구하는 방법이 다른 수행처에서 하룻밤을 보내는 것은 제게 재미있고 유익한 경험이 되곤 했습니다.

새와 이야기하고, 풀꽃과 대화한 성 프란체스코 같은 성인의 일화에 불교도라고 해서 어찌 감동이 없겠습니까. 이름이 어떠하건 진리는 서로 통하게 마련이고, 진정한 구도자는 어느 한 극단에 치우치지 않고 열려 있어야 한다는 것이 제 생각입니다. 원시불교 경전인 《잡아함경雜阿含經》에는 부처님의 원음原音이 나옵니다.

"사람들이여, 진리를 구하는 자는 양 극단으로 달려가서는 안 된다. 그 둘이란 무엇인가? 온갖 욕망에 깊이 집착함은 어리석고 추하다. 그것은 범부의 소행이라 성스럽지 못하며 무익할 뿐이다. 또한 그 반대에 있는, 혹독하게 자신을 괴롭히는 고행 역시 성스럽지 못하고 무익할 뿐이다. 붓다인 나는 이 두 가지 극단을 버리고 중도를 깨달았으니 그 길은 완전한 열반을 향해 있다."

깨달음을 얻은 부처님이 처음 법을 설한 사르나트에서 하신 위의 말씀은 중도中道에 대한 가르침인데, 여기서 말하는 중도란 가운데 길 또는 양쪽 사이를 말하는 중도가 아니고 가장 올바른 진리의 길을 뜻합니다.

중도에 대한 올바른 이해를 위해 예를 하나 들어보면, 부처님 제자 가운데 '소나'라는 분이 있었습니다. 목숨을 내놓을 만큼 엄격하고 힘든 고행을 통해 스스로를 단련했건만 깨달음을 얻을 수 없었던 그는 자책과 번뇌에 시달리고 있었지요. 그런 소나를 안타깝게 여긴 부처님이 어느 날 소나를 찾아가 물었습니다.

"소나야, 출가하기 전 집에 있을 때 네가 잘했던 일은 무엇이었느냐?"

"예, 부처님이시여, 저는 현악기를 잘 탔습니다."

"그렇다면 소나야, 네가 타던 악기의 줄을 힘주어 팽팽하게 조여놓으면 어떤 소리가 나더냐?"

"너무 팽팽하게 조이면 잘 퉁겨지지 않고 소리도 잘 나지 않습니다."

"그러면 느슨하게 풀어놓으면 어떻더냐?"

"너무 느슨하게 풀어놓으면 아름다운 소리가 나지 않아 음악이 되지 않습니다."

그 말을 들은 부처님은 그윽한 눈길로 소나를 내려다보며 말씀하셨습니다.

"소나야, 네 말대로 현악기의 줄은 너무 팽팽하거나 너무 느슨하면 좋은 소리를 내지 못한다. 네가 가고 있는 깨달음의 길 또한 쾌락에 빠지거나 지나친 고행으로 치우치면 아름다운 소리를 내지 못할 것이다. 지나치게 팽팽하여 서두르면 고요한 마음을 얻을 수 없고, 긴장을 풀어 게으름에 빠지면 나태하기 쉽다."

위의 이야기는 양극단을 떠나 바른 실천을 행하는 것이 올바른 길임을 드러내는 이야기입니다. 불교도의 길에 중도가 있듯, 수녀님이 가시는 십자가의 길에도 역시 중도가 있겠지요. 서로 다른 종교 간의 중도란 아마 이해와 양보가 될 것 같습니다. 감자 구워 먹던 이야기로 시작한 편지가 어쩌다 중도로 와버렸군요.

어쩌면 선다암에서 보내는 마지막 겨울이 될지도 모를 올겨울, 휴가를 내어 찾아오실 수녀님을 기다리며 맛있는 감자나 한 자루 구해놓아야겠습니다. 장작불이 타오르고, 감자가 익고, 행복해하는 도반들의 얼굴이 등불처럼 발갛게 익어갈 때 한낱 이름일 뿐인 겉옷을 벗고 우린 서로의 존재에 다가가게 되겠지요.

마음으로 듣는 음악

동양과 서양이 만나면 새로운 문화가 탄생합니다. 동양 악기로 연주한 서양 음악을 들어보면 그것 또한 새로운 문화 같아 재미있습니다. 중국 악기인 얼후로 연주되는 슈베르트의 음악을 들었던 기억이 납니다. 동양과 서양은 음악으로 만나는데 툭하면 동과 서로 갈라지는 우리나라의 지역감정도 음악에서는 하나가 되겠지요. 지역감정이란 편견을 마음에서 몰아내지 못한 사람은 큰 깨달음은커녕 생활 속에서 작은 깨달음도 얻지 못한 것 아닐까요?

지역과 지역 간의 갈등, 종교와 종교와의 갈등, 인종과 인종과의 갈등 같은 것들은 정말 부처님의 법과는 거꾸로 가는 무지일 뿐입니다. 한국을 식민지로 만들었던 일본의 야만, 티베트라는 큰 나라를 강점한 중국의 야만, 북미 원주민을 말살시켰던 미국의 야만. 어떻게 보면 인류의 역사는 야만으로 점철되어 있는 것 같습니다.

그런 야만과 달리 북미 원주민의 음악을 듣고 있으면 '이 사람들이 참으로 명상적이구나' 하는 생각이 듭니다. 물질문명이 한계에 와 있는 오늘날에야 재조명되고 있는 북미 원주민의 참모습은 옛날 우리 조상들이 그러했듯 지혜롭고 평화롭습니다. 마약을 하고 알코올중독에 시달리며 상업주의에 물든 미국의 퇴폐적인 음악들과 달리 원주민의 음악은 지극히 명상적인데 이는 그들의 마음 바탕이 고요했기 때문이겠지요.

북미 원주민의 피리인 아메리카 원주민 플루트에는 전설 같은 이야기가 숨어 있습니다. 숲속에서 사냥을 하던 원주민 젊은이가 흰개미 떼가 갉아먹은 고목을 발견했습니다. 고목에서 아름다운 소리가 흘러나오는 것을 발견한 청년은 가지를 잘라서 악기를 만들었는데 그것이 피리가 되었다는 이야기입니다. 아메리카 원주민 부족인 라코타족은 피리를 불면 바람이 피리의 가락을 평소 마음속에 담아둔 여인에게 전달한다고 믿었지요. 원주민에게 피리는 남성의 악기로 인식되고 있습니다.

자연의 순수함과 평원에 부는 바람의 소리가 그대로 느껴지는 원주민 플루트 음악, 그중에도 저는 〈속삭이는 바람Whispering Wind〉이라는 곡을 무척 좋아합니다. '호비아 에드워즈'라는 원주민 피리 연주가 열네 살 때 연주한 이 곡을 들으며 엉뚱하게도 1970년대에 유행했던 노래인 〈침묵의 소리The Sound of Silence〉라는 팝송이 떠올랐습니다. 물론 두 곡 사이에는 아무런 연관도 없습니다만 사이먼과 가펑클이 불렀던 〈침묵의 소리〉가 아마 원주민 피리 연주가 주는 고요와 침묵을 연상시켰던 것 아닐까 짐작해봅니다.

그러니까 침묵의 소리는 가슴의 소리 아닐까요? 원주민 플루트가 주는 명상적인 분위기와 마찬가지로 가슴의 소리에 귀를 기울이고 있으면 우리는 거짓된 말보다는 침묵이 얼마나 진실한지 깨닫게 됩니다. 웅변은 은이고 침묵은 금이라는 말을 흔히 하지만, 도저히 말로 어떻게 할 수 없는 어떤 상황에선 정말 '묵빈대처'라는 불교식 방법이 가장 효과적이지요. 지금 당장은 초조하거나 다급하고 우선은 손해 보는 것 같지만 침묵으로 묵빈대처 하는 것이 세월 지나고 보면 얼마나 현명한 처신인지 깨닫게 되기도 합니다. 세월은 묘하게도 거짓 속에서 진실을 드러내게 하는 힘이 있나 봅니다.

네 걸음

✗

이별
연습

이별 연습

계절이 어느새 여름의 막바지에 들어섰습니다. 머지않아 가을이 먼 산을 물들이며 다가오겠지요. 백일홍이 피면 세상이 온통 빨갛게만 느껴집니다. 한낮의 더위에 쫓겨 그늘로만 찾아드는 절집의 저 누렁이는 세월의 무상함을 아는지 모르는지…….

현희 씨 편지를 받고 보니 문득 지금은 이 세상에 없는 현희 씨 언니 생각이 나는군요. 한창 젊고 아름다울 때 세상을 떠난 언니는 동생인 현희 씨에게뿐 아니라 제게도 각별한 분이었지요. 제가 구의동 목련회관에 살고 있을 때 한번은 현희 씨 언니가 불쑥 양탄자를 들고 오셨던 적이 있습니다.

제가 살고 있던 곳이 너무 외풍이 세고 춥다는 점이 마음에 걸려 집에서 쓰던 양탄자를 들고 오신 것이었지요.

그때 언니가 가지고 온 양탄자는 참 오래된 것이었습니다. 들어 올릴 때마다 모래처럼 누런 먼지가 끝도 없이 쏟아져 나오고, 보온 효과도 없을 만큼 심하게 낡았지만 저를 생각하는 언니 마음이 고마워 늘 그 위에 앉아 차를 마시곤 했지요. 끙끙거리며 2층까지 날랐던 그 양탄자를 저는 그 집을 떠나올 때까지 버리지 않고 사용했습니다.

언니가 몰고 오던 차 또한 사람들의 시선을 끌 만큼 대단한 고물차였지요. 차가 하도 낡아 시동도 잘 걸리지 않았고, 바퀴는 반질반질 윤이 날 만큼 닳아 비탈길을 오르려면 사람이 뒤에서 차를 밀고 가야 할 정도였으니까요.

그 차를 타고 오던 언니의 표정이 세월이 많이 흐른 지금에 와서도 선명하게 떠오르는군요. 때로는 장난기 많은 소년처럼 익살스러운 미소까지 지으며 언니는 고물 자동차를 전혀 부끄러워하지 않았습니다. 시동도 걸지 않았는데 스르르 미끄러지는 자동차를 잡기 위해 허둥거리며 따라가던 언니의 뒷모습은 지금 생각해도 자꾸 미소가 떠오르는 장면입니다.

현희 씨를 생각하면 언니가 떠오르고, 언니를 떠올리면

언제나 그 낡은 양탄자와 고물 자동차가 먼저 떠오르는군요. 그 낡은 것들이 환기한 추억들이 세월이 흐른 지금까지도 그대로 제 가슴에 남아 있는 것은 왜일까요?

맛있는 반찬을 만들면 병에 담아 오시고 조금만 새로운 것이 생기면 제 생각을 먼저 하신다던 언니가 이렇게 보고 싶은 날엔 먼지 나던 그 양탄자까지 그리워지고, 참으로 많은 사랑을 받았구나 하는 감사함이 밀려옵니다.

그 당시 언니는 이미 암이 재발한 상태였지만 저는 한 번도 언니를 환자라고 생각해본 적이 없었습니다. 체구는 깡말랐지만 얼굴엔 항상 웃음기가 가득했고, 순간순간 누군가를 위해 봉사하는 것을 즐거워했던 언니는 보통 사람보다 오히려 훨씬 더 건강한 삶을 살았던 분이었지요. 감기를 앓고 있는 친구를 위해 호박죽을 끓여 가져가는 것을 보고 있노라면 누가 위로받아야 할 환자인지 착각할 정도였습니다.

그러던 어느 날 밤 운명의 시간이 다가왔고, 언니의 남편, 그러니까 현희 씨의 형부가 제게 전화를 걸어왔지요.

"스님, 집사람이 오늘 밤을 못 넘길 것 같습니다. 스님을 보고 싶어 하니 잠시라도 다녀가 주십시오."

무슨 청천벽력 같은 소리인지, 정말 정신이 아득해졌습니다. 나는 한걸음에 병원으로 달려갔고 병실 문을 열고 들어서는 순간 눈이 마주치자 언니는 거짓말처럼 벌떡 일어나 환하게 웃었습니다.

아내의 웃는 모습에 안심이 되었던지 형부 또한 그 와중에 웃음을 보이셨지요. 다행히 그날 밤 언니는 세상을 버리지 않으셨습니다. 그날 밤을 넘기지 못할 거라는 의사의 말과 달리 언니와 저는 병상에 앉아 늦은 시간까지 함께 경전을 읽었지요. 죽음을 앞둔 사람이라고 생각할 수 없을 만큼 담담하던 언니를 보며 저는 사실 달리 위로할 말이 없었습니다. 이승과 저승으로 갈라서야 하는 이별 연습을 했다고나 할까요? 그날 밤 경을 읽으며 우리는 어쩔 수 없이 받아들여야 하는 죽음만큼이나 삶 또한 담담히 떠나보내야 하는 어떤 것이라는 사실을 공감했을 뿐입니다.

그날 이후 언니는 기적처럼 사흘을 더 지냈고, 형부는 아내가 사흘을 더 살 수 있었던 것은 스님 덕이라며 장례를 치른 후 제게 감사의 인사까지 하셨지요.

물 같은 세월이 흐르고 흘러 이제 언니 가신 지도 강산이 한 번 바뀔 만큼 시간이 지났습니다. 그러나 그 옛날 내가 살던 그 집과 다리품을 팔며 올라가던 비탈길 그리고 언니가 몰고 오던 낡은 자동차는 흑백영화의 한 장면처럼 내 가슴에 남아 있습니다. 먼지 풀썩이는 양탄자에 앉을 때마

다 느껴지던 그 마음이 아직도 가슴을 적시고 있는데 정작
사람은 간 곳 없으니 온다느니 간다느니 하는 말 또한 정말
부질없는 분별일 뿐입니다.

육신은 물질이라 오래지 않아
모두 흙으로 돌아가리니
몸이 허물어지고 정신이 떠나버리면
땅 위에 남는 것은 백골뿐이네.

《법구경》에 나와 있듯 한낱 물질일 뿐인 몸에 집착해 웃
고 울고, 떠안고 갈 수도 없는 재물에 집착해 웃고 울고 하
는 이 사바세계에 저 또한 얼마나 오래 머물지 알 수 없는
노릇입니다.

점점이 얼룩지는 백일홍 그림자를 보다 문득 옛날 일을
떠올리고, 낡은 자동차와 양탄자가 환기하는 추억을 따라가
다 이렇듯 삶의 허망함을 되씹게 되는군요. 오래된 기억들
이 되살려놓은 그 허망함의 무게를 온몸으로 받으며 다시
허리 세워 가부좌하는 저는 여전히 진리를 찾아 먼 길 떠나
는 고독한 나그네입니다.

죽음의 병동에 누워 있을 당신에게

제프리 엄마,

전화를 끊고 나서도 목소리가 귀에 쟁쟁해 이렇게 다시 편지를 씁니다. 토해내듯 "정목스님!" 하고 부르던 것을 생각하면 목이 메어 더 이상 말을 이을 수가 없습니다.

"보름이 넘도록 아무것도 못 먹고 토하기만 합니다. 이곳에는 죽음을 기다리는 사람들밖에 없어요. 그래서 그런지 서로 대화할 일도 없고, 그냥 시간만 흘려보내고 있어요."

머나먼 거리를 넘어 들려오던 한마디 한마디가 못을 박은 듯이 내 가슴에 박혀 상처가 됩니다.

"스님과 전화 한 번 못 하고 그냥 죽는 줄 알았는데 통화가 되니 너무 기뻐 통증도 잊어버렸어요. 여기가 한국이라면 얼마나 좋을까. 우리 제프리도 스님이 돌봐줄 수만 있다면 안심하고 눈감을 텐데……."

그 말을 들으며 난 줄곧 울고 있었어요. 같은 절에서 보냈던 어린 날의 추억들, 지난번 한국에 오며 데리고 왔던 제프리의 파란 눈동자가 떠오르는군요.

"전화 요금 많이 나오니까 끊어요, 스님!"

그래요. 제프리 엄마가 있는 미국에서 여기까지 거리가 얼만데, 국제통화를 한 시간을 했으니 전화 요금이 많이 나오겠지요. 그렇게 당신은 죽음의 병동에 누워서도 아이 걱정, 돈 걱정을 해야 하는군요.

통화가 끝난 뒤 새삼 죽음이란 무엇인가 생각했습니다. 승복을 입고 살아오며 숱한 죽음과 만났고, 죽음을 기다리는 많은 이들 곁에 함께 있었지요. 대학병원 법사로 있던 시절, 누군가가 죽고 나면 허망함을 누르지 못해 열차를 타고 무작정 부산까지 내려갔다가 밤새 되돌아오기도 했습니다. 그러나 20대이던 그 시절이 지나자 죽음은 내게 점차 다른 의미로 다가왔습니다.

철들고 처음으로 죽음을 가까이 접한 건 열여덟 살 때였습니다. 은사스님이 나가셔서 혼자 절에 있는데 갑자기 이웃집 할머니가 돌아가실 것 같다는 전갈이 왔지요. 승려라는 자각 때문이었던지 연락을 받은 나는 무턱대고 그 집으로 갔습니다. 아무도 없는 집에 할머니 혼자 누워 계셨고, 전갈을 전해준 이웃집 사람마저 보이지 않았습니다. 엉겁결에 나는 응급처치라도 하듯 할머니의 팔다리를 주무르며 누가 오기를 기다렸지요. 이미 할머니가 임종하셨다는 사실도 모른 채······.

그 일이 있은 뒤 사람들은 내게 그때 무섭지 않았느냐고 묻곤 했습니다. 한밤중에 혼자서 시신을 지키고 앉아 있었으니 그런 질문을 할 법도 합니다만, 그러나 그때 난 왠지 무섭다는 생각을 하지 않았습니다. 시간이 흘러 사지가 굳어가자 돌아가셨다는 사실을 직감적으로 알아챘지만 어떻게 도와드릴 수 있나 하는 생각뿐이었지요. 서투르게 염불을 하며 할머니의 영혼이 편안해지기를 기원했습니다.

타고난 중 팔자 때문인지, 어릴 때부터 난 이렇듯 죽음을 두려워하지 않았습니다. 다만 허망하다는 생각을 했을 뿐, 그러나 그 허망함도 오래가진 않았어요. 나이가 들면서 점차 죽음에 대한 생각이 달라졌기 때문입니다. 이르거나 더디거나 하는 차이가 있을 뿐, 인간은 태어나면 누구나 죽게 마련이고, 죽음은 성별이나 나이, 가진 자와 없는 자, 아는 자와 모르는 자 등 어떠한 분별도 없이 찾아오는 것이니만 큼 죽음이야말로 공평한 것이라는 자각이 들었습니다.

살아 있다고 생각하지만 우리는 사실 매 순간 죽고 있습니다. 내 몸에 있는 모든 세포, 내 몸을 구성하는 모든 미생물, 내 몸을 지탱하는 모든 조직을 떠올려보십시오. 그것들은 다 일정한 수명을 가지고 있고, 수명이 다하는 순간 금세 죽은 세포로 바뀌고 맙니다. 살아 있으면서도 우리는 순간순간 죽고 있는 것입니다. 멸하고 다시 생하고, 멸하고 다시 생하고…….

순환을 거듭하는 것이 우리 몸이며 삶입니다. 우리가 내 것이라 여기는 이 몸뚱이가 사실은 찰나 찰나 생사를 거듭하고 있는 한낱 물질에 불과한 것입니다.

물론 이러한 인식이 지금 제프리 엄마가 처한 절망적인 상황을 바꾸어놓을 순 없겠지요. 사랑하는 자식을 두고 떠나야 하는 제프리 엄마의 비통함에다 대고 죽음이란 자연의 순환 법칙이라 이야기한들 무슨 위로가 되겠습니까.

그러나 오는 죽음을 막을 수는 없어도 죽음을 맞이하는 자세를 바꿀 수는 있습니다. 죽음을 받아들여야 하는 것이 현실이라면, 내가 삶에서 만들어놓은 집착에 묶여 쩔쩔매기보다 모든 것을 놓아버리는 것이 현명하지 않을까요? 죽어

보지 않은 이는 그 누구도 죽음 이후의 세계를 알지 못합니다. 살아 있는 모든 이는 그 누구도 죽어보지 않았고, 그런 만큼 우리에게 사후 세계란 하나의 미지의 땅일 뿐입니다.

산중에 자리한 절에 머무를 때, 지름길로 가려고 공동묘지를 지나간 경우가 많았습니다. 한밤중에 혼자 묘지 곁을 지나다니며 두려움이란 뭔가 하는 생각을 많이 했지요. 마치 머리를 풀어헤친 귀신처럼 보이던 것들이 해가 뜬 뒤에 보면 한낱 나뭇가지나 바람에 날리는 비닐 조각에 불과하다는 사실을 알았을 때 두려움의 원인이 마음이라는 것을 깨달았습니다.

낮에 묘지에 가서 낮잠을 자기도 하면서 점점 무덤과 친해졌지요. 도라지꽃이 무더기로 피어 있는 산길을 지나 양지바른 무덤가에 가면 왠지 편안해졌습니다. 두려움이 실체가 있는 것이라면 무덤가에 피어 있는 꽃은 왜 무서움을 모를까요? 나비가 날고 솔향기 날아오는 무덤가에 누워 있는 동안 죽음과 삶이 별개가 아니라는 말이 옳다는 생각이 들더군요.

죽음이 두려운 이유는 우리가 가보지 않은 미지의 영역이기 때문인지도 모릅니다. 마음이란 놈은 그렇게 가보지 않은 세계를 두려워하고, 그 두려움이 우리에게 싫다는 반응을 지어내곤 합니다. 그러니 한 번도 겪어보지 못한 그 세계를 미지라는 이유만으로 무작정 두려워할 필요는 없습니다. 헌 세포가 죽고 새 세포가 나듯 죽음 또한 하나의 변화입니다.

남아 있는 이들을 향한 미련이나 걱정 또한 이 세상에 발 담그고 있을 때의 일일 뿐, 어차피 그것은 살아 있는 사람들의 몫입니다. 어리긴 하지만, 제프리도 아마 제프리 나름대로 살아갈 것입니다. 더 이상 자기 방식의 사랑에 집착하여 안타까워하거나 괴로워하지 마세요. 제프리에겐 엄연히 아버지가 있고, 미국인의 방식이 어떨지 모르지만 어떠한 형태로든 제프리의 아버지가 아이를 방관하진 않으리라 믿습니다.

그리고 아직도 용서 못 한 사람이 있다면 용서하세요. 누군가를 미워하거나 원망하는 그 기운이 육체를 떠나는 당신에게 남아 업이 되지 않도록, 붙잡고 있는 것이 있다면 다 놓으세요. 증발한 물이 수증기로 변해 구름이 되듯 육체가 소멸된 뒤에 날아가 버릴 '나'의 기운이 맑은 에너지가 되어 다음 세상에 태어날 수 있도록 비워버리세요.

지금 내 마음이 지상의 어딘가에 묶여 있는 한, 육체가 소멸된다 해도 나는 벗어날 수 없습니다. 집착에 묶여 있는 내 마음이 다음 세상으로 옮아가지 못하고 집착한 대상 주위

아직도 용서 못 한 사람이 있다면 용서하세요.
누군가를 미워하거나 원망하는 그 기운이
육체를 떠나는 당신에게 남아 업이 되지 않도록,
붙잡고 있는 것이 있다면 다 놓으세요.

를 맴돌 테니까요. 우리가 흔히 이야기하는 윤회도 벗어나지 못한 마음의 상태를 가리킵니다.

모든 것은 사실 시작된 것도 없고 끝나는 것도 없습니다. 시작이니 끝이니 하는 것도 마음이 만들어놓은 분별일 뿐, 죽음이 모든 것의 끝은 아닙니다.

제프리 엄마의 고통이 하루빨리 덜해지기를 그리고 먼 훗날이라도 제프리가 엄마의 고통과 엄마의 사랑을 이해하기를 빌며 편지를 마칩니다. 몸은 멀리 있어도 내 마음은 지금 제프리 엄마가 겪고 있는 고통을 나누고 있습니다.

어머니 은혜

〈어머니 은혜〉라는 노래를 들으면 떠오르는 사람이 있습니다.

"진자리 마른자리 갈아 뉘시며 손발이 다 닳도록 고생하시네"라는 〈어머니 은혜〉의 가사가 《부모은중경父母恩重經》에서 따온 것이라는 사실을 아는 사람이 몇이나 될지 모르지만, 듣기만 해도 가슴 젖어오는 그 노래를 그만큼 감동적으로 부르는 사람을 나는 만나본 적이 없습니다.

누가 설명해주지 않으면 그가 부르는 노래가 〈어머니 은혜〉인지 알아차릴 사람이 없을 것입니다. 온몸을 비틀며 혼신의 힘으로 부르는 그의 노래는 노래라기보다 차라리 절규에 가까웠으니까요.

그런 그의 노래가 가슴을 울리는 건 기구한 그의 인생 때문입니다. 안양의 어느 개천가에서 처음 그를 만났지요. 그는 도저히 사람이 살고 있으리라곤 상상할 수 없는 상자 같은 곳에 기거하고 있었고, 몸은 말할 것도 없고 혀까지 마비되어 말을 할 수 없는 1급 뇌성마비 장애인이었습니다.

그가 기어 나온 상자 안을 들여다보며 도대체 사람이 어떻게 이런 곳에서 몇 년씩이나 살 수 있었는지 이해가 되지 않았습니다. 걸어서는 단 한 발자국도 옮길 수 없는 장애인이 그 추운 겨울을 어떻게 그런 곳에서 혼자 견딜 수 있었는지, 그의 삶은 정말 인간이 생각할 수 있는 한계를 벗어나 있었습니다.

보살피던 분을 통해 사연을 듣는 동안 흐르는 눈물을 어떻게 해볼 수가 없었지요. 자신을 극진히 돌보던 어머니가 돌아가시고 난 뒤인 어느 날, 자고 일어나 보니 형제들이 몽땅 사라지고 없더라는 대목에서는 정말 뭐라고 위로의 말을 건네야 할지 입이 떨어지지 않더군요.

성치 않은 몸에 형제들에게까지 버림받았지만 그는 천성이 착하고 의지가 강한 사람이었습니다. 헌 종이나 빈 상자 등을 주워 입에 풀칠을 했고, 그렇게 아침부터 저녁까지 기어 다니며 모은 폐품을 팔아 어머니 산소에 갈 택시비를 마련하곤 했습니다.

생존의 유일한 의미가 어머니 산소에 가는 일이던 그는 비록 몸은 성치 않았지만 정신만은 매우 건강한 사람이었습니다. 얼굴을 일그러뜨리며 웃는 그의 웃음은 보는 이를 번번이 감동시켰지요. 자신을 도우려고 왔다는 설명을 듣고 온몸 비틀어 감사를 표하며 그는 용케 자신의 말을 알아듣는 한 부부를 통해 이렇게 말했습니다.

"스님이 소개해주는 좋은 곳으로 가는 것은 상관없지만 엄마 산소에 갈 수 없는 것이 걱정이고, 산소에 가지 않으면 엄마가 걱정하실 거예요. 엄마가 내게 사랑을 주신 것에 비하면 나는 엄마에게 아무것도 해드린 것이 없어요."

그를 만나고 온 날, 밤새 잠을 이룰 수 없었습니다. 백방으로 그가 살 수 있는 시설을 알아봤지만 돌봐줄 사람이 항상 붙어 있어야 하는 그를 받아줄 곳은 없었고, 도시 행정에 밀려 그나마 정들었던 개천가를 떠나야 하는 그의 사정은 절박하기만 했습니다.

천신만고 끝에 그를 받아줄 시설을 찾아낸 날 나는 전화통에 대고 90도로 절을 했습니다. 그를 받아준 곳은 한 스님이 운영하는 지방의 시설이었지요.

"시설이 좋진 않지만 어려움과 고난에 처한 사람들이 모여 사니 서로 힘이 될 것"이라고 하신 스님 말씀에 힘입어 본격적으로 그를 이사시킬 준비를 했습니다. 이사하던 날, 나만 보면 늘 웃던 그가 눈물 섞인 손짓 발짓으로 하소연을 했습니다.

"엄마 산소에서 너무 멀리 떨어지면 자주 찾아올 수 없지 않겠습니까? 엄마 산소와 너무 먼 곳으로 가지 않겠습니다."

그의 말은 대략 그런 내용이었습니다. 그런 그를 달래려고 나는 한 가지 제안을 했지요.

"그렇다면 한 달에 한 번 산소에 데려가 달라고 시설에 계신 스님께 부탁을 합시다. 만약 그게 이루어지지 않으면 내가 택시를 대절해 매달 산소까지 데리고 갈게요."

그제야 그는 고개를 끄덕이며 자동차에 몸을 실었습니다.

목적지까지 가는 동안 그는 아무리 권해도 과일과 음료수를 먹지 않더군요. 마음이 울적해서 그런가 보다 했는데 알고 보니 화장실을 자주 가게 되면 일행에게 폐를 끼칠까 봐 아무것도 마시지 않았던 모양입니다.

무려 일곱 시간 가까이 걸려 도착한 목적지에 그를 내려놓은 뒤 우린 선걸음에 다시 돌아와야 했습니다. 작별 인사를 하려고 그에게 다가갔지요.

"이젠 여기가 집이고, 원장스님이 엄마처럼 잘 보살펴주실 겁니다. 친구도 많으니까 심심하지도 않을 거구요. 그리고 한 달에 한 번 스님이 엄마 산소에 데려다줄 테니 마음 편하게 계세요."

알았다고 고개를 끄덕이면서도 그는 내 손을 놓지 못했습니다. 눈과 코가 빨개지면서 훌쩍이는 그의 모습을 보며 나 또한 눈앞이 흐려졌지요. 자식 떼어놓는 엄마의 마음이 그럴까요? 가슴이 미어져 발길을 돌릴 수가 없었습니다.

차창 밖으로 내다보니 떠나는 차를 향해 그는 끝없이 그 불편한 손을 흔들고 있었습니다. 일행 모두가 함께 울었지요. 전신 장애인임에도 그 누구도 원망하지 않을 뿐 아니라 자신을 버린 동생들까지 오히려 사랑의 마음으로 이해하려드는 그를 보며 우리는 느끼는 바가 많았습니다.

그는 동생들이 자기를 버린 것이 아니라 자기를 위해 떠나준 것이라고 말하더군요. 형인 자기가 동생들을 보살펴야 하는데 그러지 못하기 때문에 그런 형의 괴로움을 덜어주려고 동생들이 떠난 것이라 말하며 동생들이 불쌍하고 걱정될 뿐이라 했습니다.

처음으로 그가 부르는 〈어머니 은혜〉를 들은 건 그 뒤 그가 어머니 산소에 가려고 나들이 왔을 때입니다. 목욕하고 이발까지 새로 한 그가 〈어머니 은혜〉를 부르기 시작하자 나는 정말 충격을 받았지요.

세상에 저렇게 부르는 노래도 있다니! 도저히 알아들을 수 없는 발음으로 얼굴 근육을 모두 움직이며 부르는 그 노래는 노래라기보다 절규 같았습니다. 내 생전 그렇게 부르는 노래를 듣는 건 처음이었습니다. 그러나 그가 온몸을 비틀며 부르던 노래는 모든 사람의 눈에, 모든 사람의 가슴에 한없는 눈물을 솟게 하였습니다.

살면서 우리는 인생의 스승을 많이 만나는데 그 또한 그런 스승 가운데 한 사람입니다. 성한 사람이 가르쳐줄 수 없는 많은 것을 그가 가르쳐주었지요. 사랑과 감사, 이해와 용서, 진실함과 티 없는 웃음은 그 어떤 가르침보다 더 큰 가르침을 우리에게 주었지요.

스스로 몸을 움직일 수 있다는 것이 진정한 축복이며 행복한 삶이라는 것을 그를 통해 느끼고 배웠지요. 뭔가를 더 가지려고 욕심내는 마음이 자신을 얽어맨다는 사실 또한 그의 삶을 보고 확인한 것입니다.

흔한 말로 육신의 장애보다 마음의 장애가 더 크다고 하지요. 그를 통해 나는 육신의 장애를 넘어서는 인간의 아름다움을 봤습니다. 마음의 아름다움은 어떤 장애에도 걸리지 않는 온전함으로 가득 찬 아름다움입니다. 작은 문고리 하나, 작은 손잡이 하나에도 장애인을 배려하는 그런 세상이 오는 날 다시 한번 그가 부르는, 그 모음만으로 된 〈어머니 은혜〉를 들어보고 싶습니다.

가까운 사람이 주는 상처

아이들은 잘 자라고 있겠지? 직장생활 하랴, 두 딸 키우랴, 살림하랴, 하루하루가 만만치 않겠지만 여전히 씩씩하게 잘 지낼 수자타를 생각하면 미소가 떠오른다.

처음 뉴욕에서 만났을 때, 20대 중반의 아가씨였던 넌 네 또래 아이들 같지 않게 말수가 적고 조신하며 예의가 바른 사람이었지. 그러면서도 한편으로는 어딘가 조금은 우울해 보이기도 했고.

너를 떠올리면 덩달아 뉴욕이 떠오르고, 오 헨리의 《마지막 잎새》가 탄생한 피가로라는 찻집에서 마시던 차 생각도 나는구나. 링컨 센터에 있는 음악홀에서 함께 연주회 관람을 하던 그땐 나도 지금의 너처럼 30대였지.

나랑 가까워지자 너는 조금씩 삶의 고민을 털어놓기도 했었지. 어린 시절 미국으로 이민 가 우수한 성적으로 대학을 졸업하고 좋은 직장에 다니고 있는 너였지만 뜻밖에 스스로 능력이 없다 생각하며 위축된 너의 모습을 보고 나는 내심 놀랐단다. 그런 너의 고민을 난 백인 사회에 적응해야 하는 유색인의 고충 때문이라고 이해했지.

알고 있겠지만, 내가 너에게 지어준 불명인 '수자타'는 원래 고행을 청산하고 네란자라강을 건너시던 부처님께 음악을 공양한 여인의 이름이지. 여인의 공양을 받은 부처님은 힘을 얻어 강을 건너셨고, 부다가야의 보리수 아래서 정좌하신 뒤 깨달음을 얻게 되지.

인도에 처음 갔을 때, 부처님이 건너신 그 강을 쳐다보며 나는 이천 몇백 년 전의 그 역사적인 사실을 떠올리곤 눈시울을 적셨단다. 6년이란 시간 동안 처절한 고행을 했던 부처님이 발을 담그셨던 그 강물……. 수많은 세월이 흘러 비록 강은 말라붙어 흔적뿐이었지만 내 눈엔 그때 부처님께 공양 올리던 여인의 영상이 강 저쪽에서 선명하게 다가오고 있었단다.

그렇게 부처님께 공양을 올리던 여인의 간절한 발원을

담아 나는 네게 수자타라는 불명을 선사했단다. 수자타라는 이름이 네 삶에 빛과 희망이 되길 바라는 심정으로.

수자타,

너도 이제 두 아이의 엄마가 되어 자식을 키우면서 부모님에 대한 사랑과 이해가 더 깊어지고 있구나. 일찍이 부처님 또한 《부모은중경》을 통해 어머니의 지극한 은혜를 세밀하고 곡진하게 묘사하셨지만, 지금의 나 또한 부모님과 스승님의 은혜에 문득문득 감사하는 마음이 밀려와 눈시울을 적시곤 한단다.

그리고 수자타야, 부모님 은혜뿐 아니라 출가한 여자로서 남편을 존중하는 마음 또한 극진하기를 빈다. 남편에게 극진하라는 말은 여자로서 남자에게 극진하라는 뜻이 아니라 한 존재로서 또 다른 한 존재에게 극진하라는 말이란다. 험한 인생길을 함께 가기로 약속한 부부라는 인연의 지중함을 소중히 여겨 행여라도 남편에게 소홀해서는 안 된다는 것을 잊지 말거라. 가까운 사람이 내뱉는 무심한 말 한마디가 얼마나 큰 상처를 줄 수 있는지는 너도 겪어서 알고 있으리라 생각하며, 언젠가 책에서 읽은 이야기 하나를 옮겨본다.

옛날, 한 수행자가 군중에게 돌팔매를 당하고 있었단다.

이단으로 몰린 그 수행자는 군중이 던진 돌과 매질을 묵묵히, 아픈 표정 하나 짓지 않고 견디어내고 있었지. 그런데 그 장면을 지켜보고 있던 수행자의 가까운 친구 하나가 어디서 꽃 한 송이를 가져와 그에게 휙 집어던지고는 돌아서 가버렸다. 친구가 던진 꽃에 맞은 수행자는 그 순간 비명을 지르며 주저앉고 말았지.

수많은 사람이 던진 돌팔매를 견디어내던 수행자는 결국 친구가 던진 꽃에 맞아 목숨을 잃고 마는데, 그 이야기는 설핏 들으면 말이 안 되는 것 같지만, 가까운 사람의 질타가 얼마나 큰 상처를 주는가를 보여주는 단적인 예라고 생각된다.

모르는 사람의 질타와 폭력은 견디어낼 수 있어도 가까운 사람의 무심한 말 한마디는 정말 비수처럼 우리에게 상처를 입히는 법이지. 칼에 찔린 상처는 세월이 가면 아물지만, 말로 다친 상처는 세월이 가도 쉬 아물지 못하는 경우가 많다는 걸 우리는 경험을 통해 알고 있잖니?

원시 경전인 《숫타니파타》에는 "사람은 태어날 때 입안에다 도끼를 지니고 나온다. 무지한 사람들은 함부로 입을 놀림으로써 그 도끼로 스스로를 다치게 한다"라고 적혀 있다. 수자타야 어련히 알아서 잘하겠지만, 아이들과 남편, 나아가 세상의 모든 사람을 향해 우린 부드럽고 따뜻한 말들만 골라 쓰자.

수자타를 떠올리고, 뉴욕의 소호 거리를 생각하다 보니 나도 어느새 그 시절로 돌아가 아름다운 꿈을 꾸고 있는 것 같구나. 흔한 말로 인생이란 정말 한 편의 꿈일 뿐이지. 어차피 꿈이라면 지금보다 더 아름답고 행복한 꿈을 꾸는 게 낫지 않을까?

수자타와 수자타의 가족 모두가 아름답고 행복한 꿈을 꾸기를 바라며 이만 편지를 접어야겠구나. 건강하고 아름다운 어머니 수자타에게 내가 보내는 마지막 문장은 《법구경》에 나오는 구절이란다.

"성 안 내는 그 얼굴이 참다운 공양이요, 부드러운 말 한 마디 미묘한 향이로다. 깨끗해 티가 없는 진실한 그 마음이 언제나 한결같은 부처님 마음일세."

일곱 톨의 겨자씨

현이 엄마를 생각하면 먼저 눈물 머금은 모습부터 떠오릅니다. 시간이 꽤 지났건만 아직도 남편과의 사별을 받아들이지 못하는 현이 엄마를 바라보면 가슴이 아려옵니다. 현이 엄마뿐 아니라 누구라도 사랑하는 이와의 사별을 견디기란 쉬운 일이 아닙니다.

평생의 반려가 되어야 할 남편이나 아내 또는 끔찍이 귀여워하던 아이들이나 부모님, 때로는 형제를 비롯한 가족 전부를 한꺼번에 잃은 사람도 있지요. 남아 있는 사람들에게 마음의 상처는 지울 수 없는 그늘을 드리우며 인생 전체를 흔들어놓기도 합니다. 사랑하는 이를 잃고 고통에 빠져 있는 사람을 위로할 말을 어디 가서 찾을 수 있겠습니까.

언젠가 책에서 울음에 관한 이야기를 읽은 적이 있는데, 울음을 자기 초월적 정서라 정의하고 있더군요. 그 책에선 눈물을 유발하는 정서를 종교적 정서와 동일시해 이타적인 정서라 평가했습니다. 눈물을 유발하는 부교감신경계가 혈압을 내리고 혈당의 증가를 억제해 몸 안의 불순물 배설을 촉진하고 몸을 정화하는 작용을 한다고 적혀 있었습니다. 눈물이 그렇게 스스로 억누르고 있던 감정을 씻어내리는 역할을 할 때가 있지요.

그 책에 따르면 눈물이 많은 사람은 결국 종교적 정서에 가까운 사람이 된다고 하는데, 눈물을 자비심과 연결하여 생각해보면 크게 틀린 말은 아닌 것 같습니다. 일체중생의 슬픔을 자신의 슬픔으로 끌어안는 관세음보살의 대자비가 아니더라도, 찔러도 피 한 방울 나오지 않을 만큼 눈물이 말라버린 사람에게 자비를 구할 수는 없을 테니 눈물이 자비심에서 촉발되는 것은 맞는 말인 듯싶습니다.

울고 와서 울고 가는 인간의 생애는 '눈물의 바다'라고 할 수도 있습니다. 태어나면서 울고, 죽어가는 사람을 보고 울고, 나아가 자신이 죽어갈 것을 생각하며 눈물 흘리는 인생살이는 눈물의 바다에 떠 있는 한갓 가랑잎 같은 것입니다.

현이 엄마도 아는 이야기지만, 부처님이 사위성 기원정사에 계실 때 외아들을 잃은 여인이 찾아와 자신의 아들을 살려달라고 애원한 일이 있습니다.

"부처님, 부디 제 아들을 살려주십시오."

눈물로 호소하는 여인에게 부처님은 아들을 살려낼 방법을 일러주셨지요.

"네 아들을 살리려면 먼저 아랫마을에 내려가 한 번도 사람이 죽은 적이 없는 집 일곱 채를 찾아 집집마다 겨자씨 한 톨씩 모두 일곱 톨을 얻어 오너라. 그러면 네 아들을 살려주겠다."

부처님 말씀을 들은 여인은 당장 마을로 내려가 여기저기 한 번도 사람이 죽은 적이 없는 집을 찾아다녔습니다. 그러나 이 집 저 집 미친 듯이 다녔지만 여인은 겨자씨를 단 한 톨도 얻을 수 없었습니다. 해가 서산으로 넘어갈 때쯤 지칠 대로 지친 여인은 다시 부처님이 계신 사원으로 돌아왔습니다.

"여인아, 겨자씨를 구해 왔느냐?"

부처님의 음성을 들은 여인은 눈물을 글썽거리며 고개를 숙인 채 말했습니다.

"부처님, 사람은 나면 다 죽게 마련이고, 이 세상에 죽지 않을 사람은 아무도 없다는 사실을 깨달았습니다. 제 아들이 다시 살아난다 해도 언젠가는 죽을 수밖에 없을 테니 부디 영원히 사는 법을 가르쳐주십시오."

여인의 말을 들은 부처님은 비로소 진리의 법문을 통해 여인의 아픈 마음을 위로하셨습니다.

현이 엄마,

모든 것이 그렇듯 무상할 뿐입니다. 그러나 무상하다는 것은 허무하다는 것과는 다릅니다. 세상의 모든 것은 다 변하고 만다는, 절대적 진리의 차원에서 받아들여야 하는 순환과 생멸이라는 거역할 수 없는 법칙을 뜻합니다.

슬픔 또한 무상하니 현이 엄마의 슬픔이 아무리 크다 해도 이제는 그 슬픔을 내려놓을 때가 되었습니다. 지금까지 아무리 찾아 헤매어봐도 현이 엄만 겨자씨를 한 톨도 구할 수 없었고, 이 세상엔 부처님이 말씀하신 겨자씨를 구할 재간을 가진 이가 없습니다.

더 이상 슬픔에 젖어 남아 있는 삶을 그늘지게 해서는 안 됩니다. 몸을 가진 모든 이는 죽게 마련이고, 우리 또한 그런 법칙에서 예외일 수 없는 만큼 남아 있는 시간을 값지게 보내야 합니다. 값지게 보낸다는 말은 자연의 법칙을 따라 순리대로 산다는 말이지요. 어리석은 자의 현재는 언제나 과거에 끌려서 존재하고, 지혜로운 자의 현재는 과거를 뛰어넘어 지금 이 순간 스스로의 현실을 창조합니다.

과거가 현재의 근원이 아니라 현재가 과거의 근원이라는 사실을 잊지 마십시오. 냉정하게 살펴보면 지금 현이 엄마가 빠져 있는 슬픔은 과거에 만들어진 것이 아니라 지금 이 순간 스스로의 집착이 만들어내고 있는 마음의 상태일 뿐입니다. 마찬가지로 행복 또한 주어진 조건이 아니라 이 순간 지어내는 내 마음의 상태라는 사실을 확연히 깨닫기만 하면 자신의 마음을 밝힐 수 있게 됩니다.

삶이란 과거가 모여 형성된 어떤 것이 아니라, 사실은 스치고 지나가는 순간순간의 찰나입니다. 수많은 찰나와 수많은 현재가 끊임없이 바뀌어나가고 있을 뿐입니다. 제 말이 의심스러우면 가만히 자신의 마음을 살펴보십시오. 마음이 얼마나 순간순간 변하고 바뀌는가를 말입니다. 그렇게 바뀌는 마음의 어느 순간을 현실이라고 부를 수 있을까요? 기왕에 순간순간 바뀌는 마음이 당신의 현실이라면 슬픔보다는 기쁨의 현실을 지어내는 것이 좋지 않을까요?

책에 나온 말대로 눈물이 종교적 정서라면, 눈물을 자주 흘리는 현이 엄만 누구보다 종교적 정서가 풍부한 사람입니다. 종교적 정서란 바로 자비와 사랑의 정서이지요. 남편을 잃은 슬픔에 휩싸여 있는 그 마음을 이제 한 차원 높여 세상에 대한 자비와 사랑, 스스로에 대한 자비와 사랑으로 키워가십시오.

돌이켜보면 슬픔 때문에 그동안 얼마나 자신을 힘들게 해왔습니까? 스스로를 사랑할 수 있는 사람만이 이웃과 세상을 사랑할 수 있다는 것을 현이 엄마도 잘 아실 것입니다. 누구보다 먼저 자신의 결점을 이해하고 받아들이며, 고통받는 자신을 따뜻하게 위로하다 보면 상처도 놀라울 만큼 빨리 치유됩니다.

어느덧 성인이 된 아이들이 자신의 길을 뚜벅뚜벅 걸어가고 있는 것이 대견하지 않습니까? 아버지를 잃은 슬픔이 무엇인지 제대로 알지도 못하는 어린 나이였지만 그 아이들은 스스로 슬픔을 딛고 일어섰습니다. 물론 엄마가 옆에 있으니 그럴 수 있었던 것이죠. 아이들은 엄마가 염려하는 것처럼 그렇게 나약하지도 철없지도 않습니다.

아이들을 향한 마음 또한 이젠 자신에게로 돌려놓으십시오. 사실은 현이 엄마도 그렇게 나약한 존재가 아닙니다. 없는 이를 추모하며 슬퍼하느라 삶을 덧없이 보내기보다 살아 있는 순간순간을 감사하게 받아들이다 보면 내 속에 숨어 있던 생명력이 살아나 모든 것이 환해질 것입니다.

누구보다 따뜻하고 감수성 풍부한 현이 엄마를 떠올리면 애틋한 모성이 살아납니다. 돌이켜보십시오. 현이 엄만 주위로부터 누구보다 많은 사랑을 받아온 분입니다. 지금도 많은 사람들이 사랑을 보내고 있지 않습니까. 그 사랑을 결코 헛되이 하지 마십시오. 지금까지의 슬픔이 거름 되어 현이 엄마의 인생이 더욱더 행복해지길 간절히 기원드립니다.

구름을 뚫고 나온 달처럼

　법회를 하기 위해 한동안 교도소에 방문한 적이 있습니다. 처음 가본 교도소는 담장도 높았지만 들어서는 문부터 얼어붙은 듯한 분위기였습니다. 법회를 할 때는 법당이 되고, 예배를 볼 때는 교회가 되는 것 같은 법당에 들어서자 한방 가득 사람들이 앉아 있었습니다. 기다리고 있는 사람들은 모두 여자 수인들이었지요. 그들은 모두 긴장해 있었지만 눈을 반짝거리며 호기심 어린 표정으로 나를 쳐다봤습니다.

　어쩌면 그들은 나를 보고 '젊은 나이에 왜 저렇게 머리를 깎고 중이 되었을까?' 하고 생각했을지 모릅니다. 사람들은 대체로 젊은 비구니 스님을 보면 왜 출가했는지 호기심부터 가지니까요. 젊디젊은 나이에 저렇게 머리를 깎은 걸 보면 무슨 말 못 할 사연이 있는 게 틀림없다고 믿는 사람도 있지요.

하기야 지하철을 타면 왜 시집 안 가고 머리를 깎았냐며 마귀가 씌어서 그런 거라고 회개하고 천국 가야 한다며 끈질기게 따라붙는 사람도 있으니 호기심쯤이야 나무랄 일도 아닙니다.

호기심 이야기를 하다 보니 옛일이 생각나는군요. 오래전 영화 제작자들이 비구니를 소재로 한 영화를 기획했다가 중단한 적이 있습니다. 그때나 지금이나 여자가 머리를 깎는다는 것이 그렇게 호기심을 끄는 일인지, 중단된 그 영화 또한 수행자로서의 비구니 스님이 아니라 대중의 천박한 호기심 쪽에 초점이 맞춰져 있었지요.

그 당시 20대 초반이던 나는 영화 제작을 저지하려고 대규모 집회를 열고, 뜻있는 분들의 서명을 받는 등 백방으로 뛰었습니다. 그 바람에 한동안 강한 품성을 지닌 사람으로 오해받기도 했지요. 비구니의 이미지를 지키겠다는 생각만으로 좌충우돌하던 그 시절, 참 많은 분의 도움을 받았습니다.

그러나 교도소 법회 때 나를 바라보던 여자 수인들의 호기심은 그런 천박한 호기심과는 다른 것이었습니다. 법회를 하는 동안 그들의 호기심은 점차 자신의 처지에 대한 안타까움과 후회로 바뀌어갔지요. 연세가 든 아주머니, 젊은 아가씨, 새댁 등 다양한 연령과 처지의 수인들과 함께하는 동안 나 또한 그들의 선량한 모습에 끌리게 되었습니다.

법회를 하는 동안 주로 마음 바꾸기에 대한 이야기를 했습니다.

"같은 계곡의 물을 소가 마시면 젖이 만들어지지만 뱀이 마시면 독이 됩니다. 그와 마찬가지로 우리가 살고 있는 이 세상도 어떤 마음을 먹느냐에 따라 다르게 경험됩니다. 지금 자신이 처해 있는 상황이 견디기 힘들다면 마음을 바꾸어 스스로를 다스려보십시오. 우리는 대부분 어리석음이란 색안경을 끼고 사는데 그 어리석음의 안경을 벗고 세상을 봐야 세상의 원래 모습이 보입니다."

법문이 끝나자 한 여인이 일어서서 자신의 동료를 위해 기도를 해달라고 부탁하더군요. 그녀는 한방에 있다가 옮겨간 동료가 아무래도 사형선고를 받을 것 같다며 이미 죽은 목숨처럼 지내는 그 동료가 너무나 가엾다고 울먹거렸습니다. 분위기가 갑자기 숙연해졌고 절박한 시선들이 내게 쏠렸지요.

나 또한 숙연한 마음이 되었습니다. 소리 없이 눈물만 뚝 뚝 흘리는 사람, 어깨를 들썩이며 흐느끼는 사람 등 사형선고를 받을지도 모르는 한 수인을 위해 기도를 하는 동안 우리는 모두 하나가 되었습니다.

사형이라, 사형……. 속으로 나는 자꾸 '사형'이란 말을 되뇌고 있었습니다. 그 사람이 저지른 죄는 알 수 없지만 법이란 이름으로 생명을 앗아가는 현실의 비정함이 가슴을 아릿하게 저며놓으며 지나갔습니다.

자비의 종교인 불교에서는 어떤 죄를 짓더라도 생명을 빼앗는 형벌을 내리는 일이 없습니다. 오히려 못난 행동, 부정적인 행동, 파괴적인 행위를 스스로 멈출 수 있도록 도와줍니다. 불교 국가인 태국에 사형제도가 없는 것은 그 때문이지요.

불교에서는 사람이 살아가면서 지켜야 할 생활윤리로서 오계五戒를 가장 중요하게 여깁니다. 그중 첫째가 '살아 있는 생명을 죽이지 말라'인데 생명을 죽이는 행위를 한 대가로 받게 되는 업보 가운데 제일 가벼운 것이 다시 태어났을 때 수명이 짧아 금방 죽게 되는 단명보短命報입니다.

부처님이 살아 계실 당시, 그곳에 앙굴리말라라는 살인마가 있었습니다. 선량한 사람이던 그가 '100명의 목숨을 빼앗아 그들의 손가락으로 목걸이를 만들어 걸고 다니면 깨달음을 얻을 수 있다'라는 꾐에 빠져 칼을 들고 거리로 뛰어나갑니다. 한 사람을 죽일 때마다 손가락 하나씩을 잘라 염주처럼 목에 걸고 다니는 그를 사람들은 '손가락 염주를 목에 건 사나이'라고 불렀고 마을은 순식간에 공포에 휩싸였습니다.

99명을 죽이고 마지막 한 사람을 채우기 위해 뛰어다니던 앙굴리말라는 자신의 어머니를 향해 달려가다 부처님을 발견하게 됩니다. 어머니보다는 부처님이 낫겠다고 생각한 앙굴리말라는 방향을 바꾸어 부처님을 향해 달려갔지요. 그러나 앙굴리말라는 천천히 걸어가는 부처님을 향해 달려가는데 도저히 따라잡을 수가 없었습니다.

"거기 멈추어라! 꼼짝 마라! 꼼짝 말고 멈추어라!" 소리소리 지르는 앙굴리말라를 향해 부처님은 "난 이미 멈추었다. 멈추지 않는 자는 내가 아니라 그대다. 그대가 멈추어라" 하고 말씀하셨습니다. 그 소리를 듣고 멈추어 선 앙굴리말라는 칼을 든 채 물끄러미 부처님을 쳐다봤지요.

"앙굴리말라여, 들고 있는 칼로 거기 있는 나뭇가지를 하나 잘라보아라."

자신을 바라보고 있는 앙굴리말라를 향해 부처님이 말씀하셨습니다. 거역할 수 없는 부처님의 음성에 눌려 앙굴리말라는 칼로 나뭇가지 하나를 내리쳤지요.

"앙굴리말라여, 이번엔 잘라낸 그 나뭇가지를 도로 붙여 보거라."

그 말을 들은 앙굴리말라는 어이없다는 듯 "잘라낸 나뭇 가지를 어떻게 도로 붙일 수 있단 말인가?" 하고 반문했습니 다. 그런 앙굴리말라를 향해 부처님은 이렇게 말씀하셨지요.

"너는 파괴할 줄만 알지 만들 줄은 모르는구나. 나뭇가지 를 자르는 것은 어린아이도 할 수 있다. 그러나 그걸 도로 붙이기 위해선 스승이 필요하다는 걸 알아라."

그 순간 앙굴리말라는 눈이 번쩍 뜨였습니다. 무릎을 꿇 은 앙굴리말라는 그 길로 머리를 깎고 부처님의 제자가 되 었지요. 그 장면을 본 마을 사람들은 사원으로 몰려와 살인 마를 처형해야 한다며 소리를 지르고 야단을 부렸습니다. 소란을 지켜보던 부처님이 사람들을 향해 말씀하셨지요.

"여기 그대들이 찾고 있는 앙굴리말라가 있다면 데려가 라. 그러나 그대들이 찾고 있던 살인마 앙굴리말라는 이미 사라졌다. 여기 앉아 있는 자는 다른 사람이다. 스스로 잘못 된 행동을 뉘우치고 자신의 참모습에 눈뜬 수행자가 앉아 있을 뿐. 그를 보라. 그의 모습 어디에서도 미치광이나 살인 마의 모습을 찾을 수 없을 것이다."

교도소 법회를 마치고 나올 때마다 나는 그렇게 앙굴리말라 이야기를 떠올리곤 했습니다. 세상의 수인 모두를 앙굴리말라처럼 제도할 수 있는 부처님은 어디 계실까요? 가슴이 답답하기도 하고, 맺혀 있는 눈물이 떨어질 것 같기도 하고, 울타리 하나로 갈라져 있는 안과 밖이 끝없이 돌고 있는 윤회의 쳇바퀴 같아 자꾸 현기증이 났습니다.

"자신이 지은 악업을 선업으로 덮는 사람, 그는 마치 구름 사이를 뚫고 나온 달처럼 세상을 비출 것이다."

《법구경》 한 구절을 준비하여 찾아간 그다음 법회 시간에 동료를 걱정하며 기도를 올려달라던 여인이 보이지 않았습니다. 동료가 정말 사형선고를 받은 건지 여인을 찾아 물어보고 싶었지만 그렇게 할 수도 없었습니다.

'유전무죄 무전유죄'라는 말을 남기고 사라진 한 탈주자의 절규처럼 세상엔 죄짓지 않고도 갇혀 있는 사람이 있는가 하면 큰 죄를 짓고도 잘 사는 사람이 있게 마련입니다. 그러나 세간의 법을 비켜 갈 수 있을진 몰라도 출세간出世間의 법을 피해 갈 순 없습니다.

아직도 많은 사람이 죄를 짓고, 아직도 많은 사람이 갇혀 있는 사바세계, 그곳에 자신이 지은 죄 때문에 목숨을 잃는 사람이 있다는 건 가슴 아픈 현실입니다.

두 귀로 할 수 있는 일

아무리 해도 깨달음이 뭔지 모르겠다고 답답해하시던 선생님의 모습을 떠올리며 혼자 미소 지어봅니다. 누가 만약 '깨달음이란 이런 것이다'라고 답을 내놓는다면 믿으실까요?

모양도 크기도 없는 깨달음이란 놈을 '그건 이런 것이다' 하고 답을 내놓는 자가 있다면 그는 물론 깨달은 사람이겠지요. 깨달은 자만이 깨달음을 설명할 수 있을 것이고, 깨달은 자만이 깨달은 자를 알아볼 수 있을 테니까요.

진리를 찾아 골몰하는 선생님 모습은 보기 좋습니다. 쾌락과 유혹이 난무하는 세상 한가운데서 진리를 찾으려고 두리번거리고 있는 사람들을 만나면 왠지 가슴이 찡해집니다. 진리를 구하는 사람들이 늘어나고 마음공부를 위한 프로그램이 늘어나는 것을 보면 우리가 사는 이 세상이 꼭 말세는 아닌 것 같습니다.

옛날, 진리를 찾던 한 사내가 덕 높은 스님을 찾아가 물었지요.

"스님. 다들 부처, 부처 하는데 도대체 무엇이 부처입니까?"

스님이 대답하셨습니다.

"부처가 무엇인지 말해준다면 내 말을 믿겠는가?"

"스님 말씀이라면 믿겠습니다."

그 말이 끝나자마자 스님이 기다렸다는 듯이 말했지요.

"자네가 바로 부처네."

뜻밖의 대답에 사내는 손을 내저으며 부정했습니다.

"제가 부처라니? 저 같은 사람이 어떻게 부처란 말입니까?"

"내가 하는 말을 믿겠다고 하지 않았던가?"

"그건 그렇습니다만……."

"부처건 똥 막대기건 자네가 믿는 대로 되는 법이라네."

스님의 말을 알아듣기 위해선 또 얼마나 더 많은 세월을 보내야 할까요. 그 자신이 바로 부처라 말해줘도 믿지 않는 사내처럼 우리는 깨달음을 만나고도 그 깨달음을 지나치고 있는 건 아닐까요? 깨달음을 찾으면서도 우린 이미 '깨달음은 이런 것이다' 하고 판단을 내린 채 그것이 어디 있는지 찾고 있다는 말입니다.

그렇게 미리 내려둔 해석과 판단을 일컬어 깨달음에 대한 상相이라 하지요. 설령 깨달음을 발견했다 한들 그런 상이 있는 한 깨달을 수 없습니다. 스스로 만들어놓은 틀에 맞지 않는 한 어떤 것도 깨달음이라 인정하지 않을 테니까요.

제 도반 가운데 평소 성품이 밝고 건강에 적극적이고 긍정적인 사고를 가진 스님이 있습니다. 먼 거리에서도 한눈에 알아볼 만큼 그는 경쾌하고 씩씩하지요. 뜻밖의 교통사고를 만난 뒤에도 그 도반은 변함없이 활달했습니다. 그러나 어느 날 만난 자리에서 그는 말할 수 없이 괴로웠던 그간의 심정을 토로했습니다.

"교통사고로 한쪽 눈을 실명하고 나니 살고 싶지가 않았어요. 겉으로는 명랑하게 보이려 노력했지만 사실은 절망감에 빠져 너무 힘들게 지냈습니다. 새벽 예불을 마치고 돌아와서는 이불을 뒤집어쓰고 엉엉 울기도 했지요. 그러던 어느 날 정신이 번쩍 들었는데, 한쪽 눈을 잃었지만 나머지 한쪽 눈이 남아 있고, 더구나 양쪽 귀가 있으니 누군가의 고통을 들어주는 데는 문제가 되지 않는다는 생각이 들더군요. 번뇌가 한순간에 사라지는 경험이었어요."

번뇌가 한순간에 사라지는 지점, 그 지점이 바로 깨달음이 일어나는 경계가 아닐까요? 절망감에 빠져 있던 한 존재가 새로운 존재로 거듭나는 그 순간, 그것이 혹 깨달음이 아닐까요?

그것이 깨달음이든 아니든 우리는 매 순간 스스로 뒤집어쓰고 있던 껍질을 벗고 앞으로 나아갑니다. 졸렬하고 유치한 나에서 유연하고 대범한 나로, 누군가를 증오하거나 시기하는 나에서 사랑하고 신뢰하는 나로, 절망하거나 좌절하는 나에서 기쁨과 희망이 있는 나로 조금씩 진화해가는 것입니다.

그리스도교에서 이야기하는 부활도 그런 것일지 모릅니다. 스스로를 누르고 있던 제약과 낡은 생각에서 벗어나 새로운 존재로 거듭나는 순간, 그것이 참된 부활이며 깨달음일지 모릅니다.

부처님이 말씀하셨지요.

"세상을 구원할 것이라고 하는 구원자는 많았다. 인류가 지속된 이래 구세주는 여기저기 헤아릴 수 없이 많았다. 하지만 진정으로 세상을 구원한 구세주는 없었다. 구세주는 바로 자신이다. 설령 나의 가르침에서 깨달은 바가 있다 해도 그것은 내가 깨닫게 한 것이 아니라 자기 안에 있는 자

우리는 매 순간 스스로 뒤집어쓰고 있던
껍질을 벗고 앞으로 나아갑니다.
졸렬하고 유치한 나에서 유연하고 대범한 나로,
누군가를 증오하거나 시기하는 나에서
사랑하고 신뢰하는 나로,
절망하거나 좌절하는 나에서
기쁨과 희망이 있는 나로 조금씩 진화해가는 것입니다.

성이 스스로 눈을 뜬 것이다."

양쪽 귀가 남아 있다는 사실을 깨달은 도반이 시작한 일은 전화 상담이었습니다. 누군가의 아픔과 슬픔에 귀 기울여 마음을 어루만지는 일을 찾아낸 것이지요.

나 역시 그 일을 돕기 위해 '사랑의 전화'를 찾아가 상담자 교육을 받았습니다. 낮에는 서울대학교 병원의 법당 일을 맡아서 하고, 밤 열 시가 되면 '사랑의 전화' 상담원이 되어 다음 날 새벽 여섯 시까지 자원봉사를 했습니다.

손바닥만 한 방에 전화 한 대를 놓고 밤새도록 걸려오는 전화를 받는 동안 나는 세상에 잠 못 이루는 사람이 그토록 많은 줄 처음 알았습니다. 마음을 잡지 못하는 사람이 그렇게 많은 줄도 처음 알았고, 기막힌 사연이 그렇게 많은 줄도 처음 알았습니다.

그 뒤, 그 도반과 나는 불교계에도 상담 전화를 만들어야 겠다는 생각을 했고, '자비의 전화'라는 이름으로 전화 상담을 시작했습니다. 두 귀가 남아 있다는 것을 깨달은 찰나의 자각이 좌절을 딛고 아름다운 결실을 맺은 것입니다.

작은 사랑이 세상을 깨웁니다

제가 아픈 어린이들과 인연을 맺게 된 건 오래전 병원 법당에 있었을 때부터입니다. 환자들을 위로하려고 병실을 드나들면서 가장 가슴 아팠던 일이 아픈 아이들을 만나는 일이었지요. 신생아 중환자실을 떠올리면 지금도 가슴이 저려옵니다.

하루는 중환자실에 신생아를 둔 한 부부가 법당에 찾아왔습니다.

"병실 밖에 서 있노라면 속만 까맣게 타들어 갈 뿐 아이에게 아무 도움도 줄 수 없다는 사실이 너무 괴롭습니다. 병원에 부탁하면 스님은 중환자실에 들어가실 수 있을 테니

제발 우리 아기 곁에 가서 우리 마음 좀 전해주시고 기도도 좀 해주세요."

곁에서 간호도 해줄 수 없는 부모의 심정을 어떻게 글로 옮길 수 있겠습니까. 천주교 신자이던 그분들의 애타는 심정은 저의 마음까지 타들어 가게 했지요. 병원 측에 부탁해서 나는 발끝까지 초록색 소독복으로 갈아입고, 얼굴엔 마스크를 한 채 중환자실에 들어갔습니다.

천사 같은 아기들이 있는 곳이라 꽃과 별, 물고기 같은 예쁜 그림이 사방에 그려져 있더군요. 어른들이 있는 곳보다 분위기는 훨씬 밝고 깨끗했지만 주삿바늘을 꽂고 누워 있는 아이들 모습은 차마 눈 뜨고 보기 힘들었습니다.

실핏줄이 다 비칠 정도로 연한 아기들의 머리와 팔, 배에 주삿바늘이 꽂혀 있는 모습을 보니 온몸이 오그라드는 것 같았습니다. 병원에 있는 동안 환자들을 많이 보았지만 그런 충격적인 장면은 처음이었습니다.

이윽고 그분들이 부탁한 아기 곁에 선 나는 말문이 막혔고, 가슴속 깊은 곳에 숨어 있던 슬픔이 커다란 소리를 내며 올라오는 것 같았습니다. 아기의 작은 손가락 위에 내 손을 살짝 갖다 댄 채 나는 간절히 아기가 겪고 있는 고통이 빨리 끝나기를 기원했습니다. 아마 그토록 절실하게 누군가의 고통을 내가 대신 받을 수 있기를 기원한 일은 없었던 것 같습니다.

아무 죄도 없는 아기들이 왜 그런 고통을 받아야 하는지 도무지 알 수가 없었습니다. 이토록 어린 생명들이 세상 밖으로 나오자마자 왜 이런 고통에 시달려야 하는 것일까요? 그 어떤 이유로도 설명되지 않는 그 일을 생각하며 나는 적지 않은 시간 동안 잠을 설쳤습니다.

그날 받은 충격은 오랫동안 지워지지 않았습니다. 시간이 가고 마음의 충격에서 회복될 무렵 나는 가슴속에 작은 서원을 하나 세웠습니다. 온 세상 아이들이 아프지 않고 건강하게 살 수 있는 날이 올 때까지 작은 힘이라도 보태리라.

해마다 두 번씩 여는 아픈 어린이 돕기 행사 '작은 사랑'은 그렇게 해서 시작되었습니다.

'작은 사랑이 세상을 깨웁니다'라는 슬로건을 화두처럼 내걸고 시작한 이 사랑의 운동이 계속되는 동안 적지 않은 분들이 아픈 어린이를 위해 통장을 개설하셨고, 많은 분들이 온라인을 통해 꼬박꼬박 성금을 보내오셨습니다. 여러분한 사람 한 사람의 사랑으로 피운 이 아름다운 꽃을 저는 자비의 꽃이라 부르고 싶습니다.

살아가면서 우리가 타인에게 사랑을 보낼 수 있는 방법

은 여러 가지가 있습니다. 금전으로, 지식으로, 혹은 시간과 정성으로 무언가를 할 수 있습니다. 교사는 가르칠 수 있고, 의사나 간호사는 치료해줄 수 있으며, 마음이 따뜻한 사람들은 자신의 몸을 바쳐 봉사할 수 있습니다.

우리가 인간의 몸으로 태어나 살아가는 목적은, 자신을 향상하고 다른 생명을 돕기 위해서라고 했습니다. 자신의 발전을 위해 불철주야 노력하는 삶도 아름답지만, 남을 도우면서 살아가는 삶은 그것대로 또 얼마나 향기로운가요.

아무도 없는 사막에서 밤을 맞은 나그네는 하늘의 별을 보고 길을 찾아갑니다. 어두운 밤, 세상의 모든 부모는 하늘의 별자리를 보듯 아이들을 떠올리며 집으로 돌아갑니다.

이 세상 귀하지 않은 아이가 어디 있으며, 아이들을 희망의 별빛으로 여기지 않는 부모가 어디 있겠습니까. 한창 부모 품에서 재롱을 피워야 할 아이들이 질병으로 신음하는 현실 앞에서 우리는 이 미약한 힘으로 무엇을 할 수 있을까 무기력해질 때도 있습니다.

우리가 할 수 있는 일이란 단지 그들과 아픔을 함께 나누고 그들 곁에 따뜻한 이웃으로 서 있는 것밖에 없을지도 모릅니다. 그러나 기쁨을 나누면 기쁨이 두 배가 되듯이 아픔 또한 나누면 아픔이 절반이 되지 않으리란 법은 없습니다.

함께하는 순간 고통의 농도는 천만분의 일이라도 줄어들겠지요.

걷잡을 수 없는 불길도 처음에는 성냥 한 개비에서 피어나고, 장쾌한 폭포수도 이슬 한 방울에서 비롯됩니다. 우리가 보내는 작은 후원이 한순간에 아이들의 고통을 없애지는 못하더라도 그들과 그들의 부모에게는 희망의 밑거름이 될 것입니다.

다섯 걸음

✕

꽃처럼 나를
돌봅니다

침묵의 향기

달라이 라마를 만난 뒤 인생이 바뀌었다는 스님의 편지를 읽고 나자 저 또한 떠오르는 얼굴이 많습니다. 짧은 인생에 삶의 귀감이 될 좋은 스승을 만난다는 건 행운이지요. 달라이 라마 곁에 있으면 그분의 자비스러움에 저절로 감전된다는 말씀은 공감되는 바가 많습니다. 가까이 있기만 해도 향기가 나는 존재, 그 향기로 수많은 사람의 마음을 열어놓은 존재, 그런 존재를 만나기 위해 우리는 그렇게 산을 넘고 강을 건너 먼 길을 헤매었던 것은 아닐까요?

향기가 나는 존재를 생각하다 보니 문득 어린 시절, 은사 스님을 따라 통도사에 갔던 기억이 나는군요. 큰 행사가 있어 따라갔다가 극락암까지 올라갔는데 거기서 향기 나는 한 존재를 만나게 되었습니다.

그 당시 극락암엔 경봉 큰스님이 계셨지요. 경봉스님이 그렇게 대단한 분인 줄 몰랐던 저는 그저 인자한 노스님이 한 분 계시는구나, 정도로 생각하며 은사스님을 따라 절만 했습니다. 잠시 뒤 은사스님과 다른 스님들은 행사 때문인지 큰절로 내려가시고 어린 제가 노스님 곁에서 한나절을 보내게 되었습니다.

그때 노스님은 몸이 불편하신지 잠시 누워 계시다가 햇살이 따뜻한 툇마루에 가만히 나앉아 계시기도 하고, 또 먹을 갈아드리면 묵묵히 글씨를 쓰기도 하셨습니다. 노스님의 침묵과 고요함에 이끌려 저 또한 차분하게 하루를 보냈지요.

세월이 지난 지금 돌이켜보건대 그때 경봉스님께 받았던 감동은 은은한 행복감이었습니다. 달라이 라마 곁에 있기만 해도 그 자비스러움에 감전된다 하셨는데 저 또한 그때 경봉스님의 그 온화한 침묵에 감전되어 가슴 가득 행복감을 느꼈던 것입니다.

온종일 침묵 속에 있었지만 전혀 지루하거나 답답하지 않았습니다. 그날은 잔잔한 평화가 넘치는 하루였습니다. 스님이 방으로 들어가시면 따라서 방으로 들어가고, 툇마루로 나가시면 툇마루로 나가며, 그림자처럼 스님 뒤만 졸졸 따라다니던 저를 스님은 물끄러미 바라보시더니 따뜻한 손길로 제 머리를 쓰다듬어주기도 하셨습니다.

줄곧 침묵 속에 있던 스님은 제가 나비를 가리키며 예쁘다고 쫓아가려 하자 갑자기 "지금 나비를 따라가려 하는 자가 누구냐?" 하고 저를 쳐다보며 물으셨습니다. 말뜻을 알아듣지 못한 저는 얼떨떨한 표정으로 서 있기만 했지요.

보석이 귀하다 해도 그 가치를 아는 이에게만 귀한 물건이 되듯, 진리를 받아들일 준비가 되어 있지 않던 그때의 제게 스님이 주신 가르침은 그 가치만큼 결실을 맺지 못했던 것입니다.

"날개를 접었을 때는 접은 것만 생각하고, 날개를 펼쳤을 때는 펼친 것만 생각하라. 그렇지 않으면 벗어나질 못한다."

이어서 하신 말씀 또한 그 당시엔 알아듣지 못했습니다. 어렴풋이 알 듯하면서도 핵심을 잡을 수 없던 그 말씀을 알아차린 것은 오랜 세월이 흐르고 난 뒤였습니다.

스님의 말씀이나 스님을 싸고도는 그 침묵의 향기가 무엇을 뜻하는지 아무것도 모르면서도 마냥 스님 곁에 있는 것이 좋았습니다. 조급하지도 않고 복잡하지도 않으며, 긴장하거나 눈치 볼 필요도 없고, 아무것도 바라는 것도 없고 모자라는 것도 없이, 그저 넉넉하고 고요한 것만으로 충분하고 행복한 순간이었습니다.

돌이켜보면 그땐 마음의 문이 지그시 열리는 순간이기도 했습니다. 다가오는 것은 무엇이나 다 받아들일 수 있을 것 같았고, 이해되지 않는 것도 다 이해할 수 있을 것만 같았던 그때 제 마음은 맑고 개운한 여운으로 은은하게 울리고 있었습니다.

가까이 있기만 해도 향기로운 꽃처럼 그렇게 큰스님은 짧은 시간 동안 가까이 있었다는 사실 하나만으로도 제 삶의 많은 부분을 바꾸어놓으셨지요. 그날 이후 나는 고요가 주는 온화한 기쁨을 알게 되었습니다. 스승이란 그 자리에 있다는 사실 하나만으로도 주위를 행복하게 하는 존재라는 사실을 비로소 알게 되었습니다.

몇 해 뒤 큰스님은 입적하셨고, 세월이 간 뒤에야 비로소 스승의 큰 이름을 알게 된 저는 그때 그 온화했던 스님의 미소와 침묵을 떠올리며 저 또한 존재하는 것만으로도 향기로운 사람이 되겠다는 꽃 같은 서원 하나 세워보곤 했습니다.

아름다운 조연이 된다는 것

하정 교무님, 잘 계시겠지요. 눈 덮인 안나푸르나를 뒤뜰처럼 사용하고 계실 교무님이야말로 복받은 분이라는 생각을 해봅니다.

요즘 네팔은 어떻습니까? 지난해 안나푸르나를 찾았을 때 중무장한 군인을 실은 트럭 행렬을 본 적이 있습니다. 기관총을 앞세우고 산을 향해 달려가는 무장 행렬을 보며 외국인인 저는 히말라야도 마냥 평화롭지만은 않구나 하는 생각을 했습니다.

국민의 민주화 열망과 무장한 공산주의자들, 빈곤한 경제 수준을 떠올리면 설산의 평화로움과 신비함은 외국인이 네

팔에 대해 갖는 환상이 아닌가 싶어 안타깝기도 합니다. 불제자인 저로서는 부처님의 고향인 네팔이 풍요로운 나라였으면 하는 바람이 있지요.

포카라에서 돌아와 카트만두에서 맞았던 밤에도 시내 곳곳에 바리케이드를 쳐놓은 경찰들로 어수선했습니다. 그러나 정작 네팔 사람들은 태연하더군요. 문득 우리나라 생각이 나더군요. 외신에 실린 우리나라의 인상 또한 언제 총성이 들릴지 모르는 불안한 분단국가의 모습이니까요.

그런 우리에 대한 인식이 많이 바뀌고 있나 봅니다. 월드컵 덕분이죠. 월드컵에서 보여준 한국인의 열정이 외국 사람들에게 강렬한 인상을 심어주었나 봅니다. 어떤가요? 실제로 외국에 살고 있는 교무님도 그런 변화를 피부로 느끼시나요?

돌이켜보면 교무님과의 인연도 어언 15년 세월이 넘었습니다. 교무님과의 인연을 돌아보면 무엇보다 삼소회三笑會 일들이 생각나는군요. 처음 삼소회를 만들었던 분들은 대부분 일선에서 물러났지만, 그때 그 일들이 잊히지 않는 건 단순히 비구니 스님과 원불교의 정녀님들, 천주교 수녀님들이 뜻을 모아 함께 행사를 치렀다는 사실 때문만은 아닙니다.

그 일을 통해 저는 다른 종교의 특성과 생태를 이해하게 되었지요. 종교가 다른 이들과 어울려 일하는 동안, 사실은 뜻이 맞은 경우보다 그렇지 않은 경우가 더 많았던 것 같습니다. 걸어온 길과 삶의 방식이 전혀 다른 사람들이 만났으니 어쩌면 그건 당연한 일이었겠죠.

그러나 그때의 그 부딪힘은 결코 반목이 아니었습니다. 반목이라기보다 화합을 이루어나가는 과정이었죠. 시냇가의 조약돌이 둥글어지는 과정과 닮았다고나 할까요.

그 당시 서울에 와 있던 현장스님 주선으로 처음 만나게 된 우리는 여성 수도자로서 뭔가 사회에 필요한 모임을 만들어보는 게 어떠냐는 의견에 따라 자주 만나게 되었고, 그래서 탄생한 것이 삼소회였지요. 도교·유교·불교의 세 현자가 서로의 이념을 넘어 웃음으로 만났다는 옛이야기를 떠올려 그런 이름을 지었던 것 같습니다.

지금 이렇게 하정 교무님께 편지를 쓰고 있자니 그때 일이 주마등처럼 지나가는군요. 장애인 올림픽이 열렸을 때, 우리가 개최한 자선 음악회가 큰 호응을 얻었죠. 삼소회가 생긴 뒤 처음 연 그 음악회에 그렇게 많은 사람이 호응을 해준 건 장애인에 대한 관심도 관심이었겠지만, 아마 비구니, 정녀, 수녀가 한자리에 모여 종교 간의 화합을 도모했다는 좋은 뜻 때문이었을 것입니다.

비구니 스님 30명, 원불교 정녀님 30명, 천주교 수녀님 30명으로 구성된 합창단원이 모여 매일 노래 연습을 했으니 재미있는 일화도 없지 않았죠. 노래를 잘 부르는 가수들도 아니고 그저 뜻이 좋아 모인 사람들이니 노래 실력도 뛰어났다고 할 순 없고 찬불가, 가톨릭 성가, 원불가 중에서 알맞은 곡을 고르고, 또 새로 곡을 짓기도 하며 연습하다 보니 어려움이 많았습니다.

난생처음으로 다른 종교의 노래를 부르자니 처음엔 거부감을 느낀 분도 적지 않았을 것입니다. 지금 생각해도 미소가 떠오르는 일은, 연습에 참석했던 수녀님들이 새벽 미사 때 돌연 "거룩한 싯다르타 태자 탄생하실 때 유아독존 큰 소리 울려 퍼지네"라는 초파일 노래가 흥얼거려진다고 한 것입니다.

스님들 또한 마찬가지였죠. 예불하는 법당에서 "주 찬미, 주 찬미" 하고 흥얼거리고 있는 자신을 발견하고 웃는다며 연습 때마다 서로의 해프닝을 이야기하며 즐거워했지요.

90명으로 이루어진 합창단이 한 주는 절에서, 한 주는 성당에서, 또 한 주는 원불교 교당에서 돌아가며 연습하다가 서로 자매가 된 듯 친해지는 모습은 정말 보기 좋았습니다. 그때 많은 것을 배우고 느꼈지요. 타 종교에 대해 내가 얼마나 무지했던가, 마음속으로 이해하기에 앞서 벽부터 쌓아놓고 있진 않았던가…….

막상 교무님께 편지를 드리며 옛 생각을 하다 보니 그 시절 우릴 도와주시던 분들이 한 분 한 분 떠오르는군요. 지금은 성함도 잊어버렸지만 적극적으로 도와주시던 신부님과 남자 교무님, 120명 남짓한 사람들의 점심과 저녁을 일일이 챙겨주시던 비구니 설봉스님까지 정말 많은 분의 사랑이 모여 그 음악회를 만들어냈습니다.

어떤 일이 성사되려면 똑똑한 주연도 중요하지만 보이지 않는 조연의 힘이 얼마나 중요한지 월드컵을 보면서도 새삼 느꼈지요. 절묘한 어시스트가 없다면 어찌 골인의 벅찬 환희가 존재할 수 있겠습니까.

뭔가를 갈라놓기 좋아하는 인간의 분별심이 그럴 뿐 사실 주연이니 조연이니 하는 것도 헛된 이름일 뿐입니다. 인생에서 주연이 어디 있고 조연이 어디 있겠습니까.

모든 사람은 다 자기 인생의 주연인 동시에 다른 이의 인생의 조연입니다. 자신이 자기 삶의 주인이라는 것을 깨닫지 못하고 보내는 인생이란 얼마나 슬픈가요. 누군가에게 종속되어, 또는 무엇인가에 종속되어 자신의 인생을 허비하는 이는 그가 신도이건 성직자이건 한심한 사람일 뿐입니다.

사실 주연이니 조연이니 하는 것도
헛된 이름일 뿐입니다.
인생에서 주연이 어디 있고
조연이 어디 있겠습니까.
모든 사람은 다 자기 인생의 주연인 동시에
다른 이의 인생의 조연입니다.

젊은 시절, 제가 생각하던 바람직한 성직자상은 자기 인생의 주인이면서 아울러 타인의 인생에 방관자가 아닌 적극적인 조연의 역할을 하는 사람이었습니다. 언젠가 대종상 시상식에서 톱스타인 안성기 씨가 남자 조연상을 받는 걸 본 적이 있습니다. 자신이 출연한 거의 대부분의 영화에서 주연을 맡았던 그가 조연상을 받는 모습을 보고 참 아름답다고 생각했지요. 자신의 삶에 충실한 모범적인 주연은 타인의 삶에서도 그렇듯 훌륭한 조연의 역할을 하는 모양입니다.

하정 교무님,

교무님도 이제 삶의 원숙기에 접어든 연세이십니다. 저 또한 어느새 중년의 나이에 이르렀습니다. 구도의 발길 따라 이국땅까지 가 계시는 교무님을 떠올리는 순간, 문득 성직자란 무엇일까 하는 질문을 스스로에게 하게 되고, 타인의 삶에 나는 또 얼마나 적극적인 조연이었나 하는 질문을 동시에 하게 됩니다.

아름다운 조연으로 남고 싶은 삶의 소망을 품으며, 눈 덮인 안나푸르나를 떠올리는 순간 교무님과 함께했던 옛일이 생각나 몇 자 적었습니다.

빈의 숲에서 반야심경을

유럽의 불교 인구가 나날이 늘어간다는 소식을 접하고 있습니다. 유명한 역사학자 토인비 선생이 20세기의 가장 의미 있는 사건 가운데 하나로 서양에 불교가 전파된 것이라고 말한 바 있는데, 나 또한 유럽을 다니며 불교 신자들을 적잖이 만났습니다. 그러나 내가 만난 유럽의 불자들은 우리나라의 불자들과는 많이 달랐습니다.

이탈리아에서 만난 빅토리아는 불교에 귀의한 지 5년이 되는데 자기가 살고 있는 이탈리아에만 해도 불교에 귀의한 사람이 30만 명이 넘으며 앞으로 점점 더 늘어날 것이라고 했습니다. 어디서 무엇을 공부하느냐고 했더니 불교를 좋아하는 사람들끼리 교회에서 모임을 가지다가 교회의 의자가 명상하는 데 적당치 않아 따로 공간을 마련했다고 하더군요. 아침저녁으로 출근 전과 퇴근 후에 원시불교 경전을 함께 읽고 매일 명상 수행을 30분 정도 한다는 그에게선 건강하고 맑은 기운이 느껴졌습니다.

프랑스 베르사유궁에서는 폴란드 대학생 여러 명이 내게 다가오더니 의상이 특이한데 어느 나라 사람이며 뭐 하는 사람이냐고 물어온 적이 있습니다. 국적이 어디냐고 묻는 경우는 자주 있지만 뭐 하는 사람이냐는 질문은 처음 들었던 터라 약간 당황스러웠지요. 신부복을 입고 있으면 세계 어디서나 다 알아보듯, 승복을 입고 있으면 불교의 승려라고 알아볼 줄 알았는데 나 혼자만의 생각이었던 모양입니다.

석가모니와 불교는 알고 있지만 한국에도 불교가 있다는 사실은 까맣게 몰랐다고 하는 그들을 보며 달라이 라마나 틱낫한 스님뿐 아니라 한국의 선사들도 유럽에 널리 알려졌으면 좋겠다는 생각을 했습니다. 미국이나 유럽의 불교 바람은 사실 달라이 라마가 소개한 티베트 불교가 주를 이루는 만큼, 유일하게 선禪의 전통이 살아 있는 한국 불교 또한 다양한 수행 방법을 소개하기 위해서라도 널리 알려졌으면 하는 바람입니다.

빈에서 활동하는 오페라 가수 일롱카의 소개로 만난 리스트 음악원의 여교수는 부다페스트를 안내하는 동안 끝없이 불교 이야기를 하곤 했는데, 자신은 모태 신앙이 천주교지만 다시 태어나 종교를 선택한다면 불교를 택할 것이라고 말하더군요. 불교를 통해 삶의 풀리지 않는 의문에 대한 명쾌한 해답을 얻었다던 그녀는 지금 자신이 불교에 귀의하면 부모님이 슬퍼하실 것 같아 그대로 천주교를 가지고 있다고 했습니다.

오랫동안 불교와는 다른 종교적 배경에서 살아온 유럽 사람들이 지금 받아들이고 있는 불교는 기복적인 불교가 아닌 합리적이고 과학적인 불교였습니다. 아인슈타인의 상대성 원리를 2,600년 전 부처님이 이미 갈파하셨듯, 알고 보면 불교만큼 과학적인 종교도 없건만 한국의 불자들은 아직도 불교를 기복 신앙으로 생각하고 있으니 정말 안타까운 일입니다.

유럽을 다니는 동안 엘리자베스의 아버지를 만난 일도 빼놓을 수 없는 이야기군요. 문득문득 슬픈 표정을 짓던 엘리자베스는 팔순이 넘은 아버지가 아무래도 곧 돌아가실 것 같다며 슬퍼했지요. 그래서 다음 날 엘리자베스와 함께 그녀의 아버지를 만나기로 하고 헤어졌습니다.

다음 날, 빈 시내에서 그다지 멀지 않은 약속 장소인 숲으로 찾아가자 엘리자베스의 아버지가 기다리고 계셨습니다. 첫눈에 나는 그분을 알아봤지요. 아버지는 나무 밑에 놓인 휠체어에 앉아 담요를 덮고 계셨고 어머니는 그 곁에 조용히 서 계시더군요.

만나는 순간 환하게 웃으며 합장을 하던 그들 역시 불교 신자였습니다. 엘리자베스가 불교 신자가 된 뒤 딸을 따라 불교에 귀의한 그들은 만나자마자 내게 축원을 해달라고 하셨지요. 우리말로 독송하는《반야심경》을 따라 경건한 자세로 기도하던 그분들. 요한 슈트라우스의 음악을 통해서나 상상하던 빈의 숲속에서 그렇게《반야심경》을 독송하리라곤 상상도 하지 못했습니다. 삶을 마무리하는 노부부를 위해 독경하고 있자니 사람의 인연이라는 것이 참으로 경이롭고 신비하구나 하는 생각에 콧등이 찡해졌지요.

불상을 모시고 싶어 하는 그들의 소원대로 나는 한국에 돌아와 그분들께 족자를 만들어 보냈지요.

그분들이 불교에 매료된 이유는 삶의 해답을 바깥에서 구하지 않고 자신의 내면을 향해 눈을 돌려 스스로를 성찰해가는 가운데 깨달음을 얻는 불교의 합리적인 수행법에 끌렸기 때문입니다.

나 아닌 외부에 신이 있다고 생각하는 헛된 믿음을 극복한 그들은 비로소 내 안에 깃들인 나의 신성, 내 안에 있는 나의 불성을 인식하게 된 것이죠.

언젠가 한국에서 출가한 영국인 스님과 대화한 적이 있는데 그는 한국의 불교에 대해 이렇게 생각하고 있더군요.

"한국의 불교는 이름만 다를 뿐 기독교와 차이가 없는 것 같습니다. 부처님은 우상에 기대지 말고 스스로를 성찰해 깨달음을 얻으라고 가르치셨는데, 한국의 불교는 대부분 불상이라는 형상을 만들어두고 거기다 기도하고 복을 구하며, 뭔가 자신이 해결할 수 없는 것들을 불상에 간구하면 이루어진다고 믿는 것 같습니다. 불상 앞에 음식을 차려놓고 복을 구하는 행위는 문화의 차이라고 이해하기엔 너무 샤머니즘적입니다. 만약 유럽이나 미국에 한국식의 기복 불교가 들어갔다면 받아들여지지 않았을 것입니다. 종교적 배경이 다른 서양 사람들을 눈뜨게 한 건 근본불교의 가르침인 자신의 내면을 관찰하는 수행법이지 결코 바깥에 있는 초월적인 존재에 의지하는 숭배 행위가 아닙니다."

한국 불교 전체가 그가 지적하는 바와 같진 않지만 새삼 그의 말을 경청하게 되는 것은 지금 우리가 서 있는 자리에서 교훈을 얻어야 한다는 자각 때문입니다. 불길처럼 퍼져 나가는 유럽의 불교처럼 한국의 불교도 언젠가 새로운 르네 상스를 맞을 날이 오겠지요. 벽안碧眼의 수행자들과 더불어 다시 한번 빈의 숲속에서 《반야심경》을 독송할 날을 기다립 니다.

시인의 영혼을 가진 대통령

오랫동안 소식을 전하지 못했군요. 엘리자베스는 아버지
가 세상을 떠난 뒤 힘든 시간을 잘 견뎌내고 있는지요? 아
버지가 운영하던 다뉴브강 가의 레스토랑은 유명한 사람들
이 많이 찾아오는 곳이라는 이야기를 들은 적이 있습니다.
지금은 엘리자베스가 운영하고 있다니 다행이군요.

빈에 갔을 때 엘리자베스가 베풀어주었던 친절을 잊을
수가 없습니다. 말은 잘 통하지 않았지만 엘리자베스는 눈
빛만으로도 모든 걸 알아서 처리해주었고 체코 구경까지
시켜주었지요.

다뉴브강에서 체코의 블타바강까지 배를 타고 다섯 시간

쯤 가는 동안 우리는 손짓 발짓 섞인 이야기를 나누며 많이
도 웃었습니다. 체코에 도착해선 입국 비자에 찍어준, 배 그
림이 그려진 도장이 신기해 자꾸 들여다보자 엘리자베스는
그런 제가 더 재미있다는 듯 웃음을 짓곤 했지요.

그때를 떠올릴 때 가장 기억에 남는 일은 아무래도 그 당
시 체코 대통령이던 하벨을 만난 일입니다. 우리도 저런 대
통령이 있으면 얼마나 좋을까 하고 부러워했는데 그런 부
러움은 많은 시간이 지난 지금까지도 여전합니다.

블타바강의 오래된 다리를 건너서 들어간 대통령궁을 나
는 경복궁이나 덕수궁 같은 고궁 정도로만 여기며 두리번
거렸지요. 대통령 비서실장인 노이만과 인사할 때까지도 설
마 거기서 하벨 대통령을 만나리라곤 상상도 하지 못했습
니다. 한국에서 온 스님이라 소개하자 노이만은 자신도 불
교 신자라며 합장하며 인사를 했고, 우리는 금세 가까워졌
지요.

엘리자베스의 오랜 친구인 노이만은 달라이 라마에게
'쳌마도제'라는 불명까지 받은 사람이었습니다. '쳌마도제'
란 '두려움 없는 자'라는 티베트 말이라고 제게 설명까지
해주던 노이만은 자유로운 영혼을 가진 사람이었습니다. 사
무실에는 책상만 하나 덩그렇게 놓여 있었고 사무실 벽에

커다란 불상 그림이 걸려 있었지요. 그의 안내로 대통령의 집무실을 보는 순간 직감적으로 하벨 역시 괜찮은 사람이라는 느낌을 받았지요.

하벨의 집무실은 대통령 집무실이라고 하기엔 몹시 간소했고 권위적인 장식이나 복잡한 서류 대신 사방이 음악 CD로 가득 차 있었습니다. 집무실에까지 CD를 모셔두고 음악을 듣는 대통령……. 우리로서는 정말 상상도 할 수 없는 일이었습니다.

부러운 심정으로 집무실을 둘러보고 있는 동안 키 작은 남자 두 사람이 들어왔지요. 그 가운데 와이셔츠 차림으로 소매를 걷어 올린 채 자유분방하게 커피를 들고 들어선 사람이 바로 대통령 하벨이었습니다. 놀랄 만한 일이었지요. 음악을 즐기는 대통령도 신기한데 방 안으로 들어서는 하벨은 권위적인 것과는 거리가 먼, 오래된 친구 같은 모습으로 제게 인사를 건네더군요.

하벨은 한국을 방문했을 때의 이야기를 꺼냈습니다. 한국이 역사와 전통이 깊은 나라라는 것을 알면서도 정작 대통령이라는 신분 때문에 유서 깊은 사찰과 시골을 돌아보지 못한 것을 아쉬워했지요.

원한다면 절을 지을 수 있는 땅을 마련할 테니 체코에 와서 불교를 널리 알리는 게 어떠냐고 제의하기도 했던 하벨과 노이만. 나중에 대통령 자리에서 물러나면 자신은 작은 집에서 좋아하는 음악을 듣고 여행을 실컷 할 것이라 말하던 하벨에게 저는 다시 한국을 찾아오면 꼭 좋은 사찰을 안내해주겠다고 약속했습니다.

제가 만난 하벨은 대통령이기 이전에 시인의 영혼을 가진 사람이었습니다. 실제로 하벨은 대통령이 되기 전엔 유명한 작가였지요. 노이만의 말에 따르면 그는 자신의 연설문은 반드시 자신의 손으로 쓴다고 했는데, 하벨과의 만남을 떠올리면 지금도 나는 한 나라의 대통령을 만났다기보다 이름 없는 한 시인을 만났다는 느낌으로 그를 기억합니다.

시인도 시인 나름이겠지만, 나 같은 사람에겐 아무래도 대통령보다 시인이 더 훌륭한 사람으로 여겨집니다. 시를 쓰며 정직하게 살 순 있어도 정치를 하면서 정직하게 산다는 건 힘들 것 같기 때문이죠. 정직한 시인은 있을 수 있어도 정직한 대통령이란 어쩌면 우리가 살아 있는 동안은 만나기 힘들지 않을까요?

하벨은 자신은 기독교인이지만 마음으로는 불교의 가르침을 받아들인다며 불교는 관용의 종교라 친근감이 간다고 했습니다. 자신의 비서실장이 불교에 귀의하고 집무실에 불상 그림까지 걸어놓았지만 아무런 문제가 되지 않는다며 그는 자신이 민주화 운동을 하던 시절 옥중에서 아내에게 보낸 편지를 엮은 책을 선물로 주더군요.

처음 만났지만 친구처럼 편안한 시간을 함께했던 하벨을 떠올리면 우리나라에서 대통령이라는 직업을 가졌던 분들이 가엾게 느껴지기도 합니다. 아무 데서나 차 한잔 마시자며 누군가를 만나지도 못하고, 아름다운 음악에 마음을 맡기거나, 발길 가는 대로 여행도 하지 못했을 그분들은 자신이 불행한 삶을 살았다는 사실조차 모르고 있을 테니까요.

그런 사람들은 행복을 아마 권력이나 재물, 명예 같은 것으로 착각하고 평생을 살아왔으리라 짐작됩니다. 모든 것이 서로 얽히고 엉겨서 돌아가는 사바세계에선 물론 그런 사람도 필요하긴 하겠죠. 누군가에게 들은 이야기입니다만 "한국은 재미있는 지옥이고 캐나다는 지루한 천국이다"라는 말이 기억납니다.

먹고살기가 힘들고, 졸렬하고 욕심 많은 정치가들이 국민을 노엽게 만드는 이 땅이 싫어 캐나다로 이민 간 사람들 가운데 누군가가 그런 이야기를 만들어내었는지 모르겠습니다만, 그렇게 해서 간 캐나다 역시 썩 재미있는 곳은 아니었던 모양입니다.

그러나 내 눈에 비치는, 재미있는 지옥이라 불리는 이 땅, 우리가 살고 있는 이 지옥의 모습은 살 수 없어 떠나고 싶은 곳만은 아닙니다. 지옥이 이 정도라면 가볼 만하지요.

지옥과 극락의 차이를 숟가락 사용법의 차이로 설명한 이야기도 있지 않습니까. 지옥과 극락에 사는 사람들은 모두 턱없이 긴 숟가락을 사용하는데, 지옥에선 자기 입에만 밥을 떠 넣으려 하니 숟가락이 너무 길어 닿지를 않아서 늘 배가 고프고, 극락에 사는 사람들은 서로의 입에 밥을 떠 넣어주다 보니 배부르게 먹는다는 이야기 말입니다.

지옥과 극락은 결국 사람들이 얼마나 이타적인 삶을 살 수 있느냐에 따라 경계가 정해지는 것입니다. 재미있는 지옥을 정말 재미있게 하려면 시인이건, 대통령이건, 이 땅에 살고 있는 그 어떤 사람이건 간에 긴 숟가락의 특성을 살려 남의 입에 밥을 떠 넣어주려는 노력이 필요할 것입니다. 나 역시 상대의 처지에서 보면 타인이고, 꾸준히 남의 입에 밥을 떠 넣어주다 보면 어느새 다른 사람에게 타인인 내게도 밥이 돌아올 테니까요.

지옥과 극락은 결국 사람들이
얼마나 이타적인 삶을 살 수 있느냐에 따라
경계가 정해지는 것입니다.
그 어떤 사람이건 간에
남의 입에 밥을 떠 넣어주려는
노력이 필요할 것입니다.
나 역시 상대의 처지에서 보면 타인이고,
꾸준히 남의 입에 밥을 떠 넣어주다 보면
어느새 다른 사람에게 타인인 내게도
밥이 돌아올 테니까요.

시간의 세 가지 걸음

한 장 남은 달력을 바라보면 한 해를 잘 살아왔다는 생각보다 허전함과 회한의 감정이 더 많이 듭니다. 삶은 늘 그렇지요. 살아보고 나서야 어리석었던 부분을 알게 되니 말입니다. 청년기엔 하루하루가 짧고 한 해 한 해가 길며, 노년기엔 한 해 한 해가 짧고 하루하루가 길다고 했습니다. 꿈꾸는 힘이 없는 사람은 살아가는 힘도 없다고 합니다. 꿈은 삶의 희망입니다. 그런데 저같이 음악을 좋아하는 사람은 음악을 통해서도 꿈을 가질 수 있습니다. 음악을 들으며 세계 각국을 여행하고, 곳곳의 민요와 문화를 만날 수 있으니 이게 꿈이 아니고 뭐겠습니까.

음악을 연주하는 악기 중에서도 입으로 불어서 소리를 내는 금관악기는 인간의 음성과 가장 닮은 소리를 만들기 위해 발전해왔다고 합니다. 그것은 아마 악기 소리가 아무리 아름다워도 사람이 부르는 노랫소리만큼 아름다울 수는 없다는 말일 겁니다. 그러나 갈대밭에서 들려오는 소리와 같은 팬플루트의 긴 여운은 사람의 목소리로는 도저히 흉내 낼 수 없으니 이것은 아마 악기가 자연을 닮으려 한 것이라 생각됩니다.

서른여덟 살에 일찍 세상을 떠난 작곡가 멘델스존은 자연을 보다 가깝게 느낄 수 있는 서정적이고 환상적인 곡을 많이 남겼습니다. 그가 남긴 대표작 중 하나인 〈핑갈의 동굴Die Fingals-Höhle〉 서곡이 그런 곡인데 멘델스존은 배를 타고 섬을 여행하다가 목격한 동굴을 보고 영감을 받아 이 곡을 만들었다고 합니다. 그의 삶은 비록 짧았지만 지금까지도 그가 작곡한 곡들은 많은 사람이 즐겨 부르고 있지요. 그 가운데서도 대표적인 곡이 〈노래의 날개 위에Auf Flügeln des Gesanges〉입니다. 저는 이 노래를 알레드 존스의 음성으로 듣는 걸 좋아했습니다. 제가 듣는 CD를 녹음할 당시 알레드 존스의 나이는 열다섯 살이었다고 하니 그 순수하고 깨끗한 소년의 목소리가 저를 사로잡았나 봅니다.

알레드 존스같이 노래하는 사람에겐 몸 그 자체가 악기입니다. 아름다운 목소리가 나오도록 하는 울림통이 바로 몸이라는 말이지요. 그런데 성악가의 프로필을 찾아보는 경우는 많지만 연주를 하는 악기의 족보를 찾아보는 경우는 드뭅니다. 악기의 족보를 알고 들으면 소리의 울림과 여운 그리고 끊어지고 이어지는 등의 묘미를 한층 깊게 즐길 수 있습니다.

예를 들어 바이올린의 족보를 찾아보면 명기로 손꼽히는 것으로 스트라디바리와 과다니니가 있습니다. 언젠가 바이올리니스트 요세프 수크의 연주회에 갔던 것이 기억납니다. 체코 출신의 바이올리니스트 요세프 수크는 드보르자크의 외증손자인데, 그가 연주하는 바이올린이 400년 이상 된 명기 과다니니라고 합니다. 요세프 수크는 그 악기를 국가로부터 받았다고 하는데, 내한 공연 때 한 곡이 끝날 때마다 인사 대신 바이올린을 번쩍 들어서 이리저리 자랑스럽게 보여주던 모습이 떠오릅니다. 현재를 살고 있는 우리보다 몇 곱절의 세월을 지나오면서 수많은 사람의 삶의 애환을 달래주었을 명기이니 비록 나무로 된 악기지만 살아 있는 생명체와 다를 바 없다는 생각을 해봅니다.

악기에도 승자가 있습니다. 이때의 승자란 좋은 소리를

내어 수많은 사람의 마음을 아름답게 수놓는 명기를 가리키는 말입니다만, 승자는 패자보다 더 열심히 일하지만 시간에 여유가 있고, 패자는 승자보다 게으르지만 늘 바쁘다고 말합니다. 승자의 하루는 25시간이고, 패자의 하루는 23시간밖에 안 되며, 승자는 열심히 일하고 열심히 놀고 열심히 쉬지만, 패자는 허겁지겁 일하고 빈둥빈둥 놀고 흐지부지 쉰다고 합니다. 승자는 시간을 관리하며 살고 패자는 시간에 끌려가며 산다는 말인데, 나 자신을 한번 돌아보면, 때로는 승자로 살고 가끔은 패자처럼 살 때도 있는 것 같습니다. 그러나 무엇보다 중요한 것은 시간에 끌려다니며 사는 노예가 되기보다 스스로 시간을 부리면서 살아가도록 노력해야 한다는 것입니다.

시간의 걸음에는 세 가지가 있다고 하는데 미래는 주저하면서 다가오고, 현재는 화살처럼 달아나고, 과거는 영원히 정지하고 있다는 것입니다. 시간은 우리를 기다려주지 않습니다.

《중용》에 보면 "무릇 일은 미리 준비함이 있으면 성공할 수 있고 준비함이 없으면 실패한다"고 했습니다. 말은 미리 생각하는 바가 있으면 실수가 없고, 일은 사전에 계획이 있으면 어려움이 없고, 행동은 미리 목표가 서 있으면 후회함이 없으며, 길은 목적지가 서 있으면 막히는 법이 없다는 말씀 명심하며 음악이 주는 아름다움과 행복감을 느끼며 현재의 시간에 머물고자 합니다.

마음과 마음을 이어주는 다리

한 해의 막바지인 12월에 서면 누구나 한 해를 돌아보게 됩니다. 1월이 희망과 다짐의 달이라면 12월은 회한과 용서의 달입니다. 가슴에 맺혀 아직 삭히지 못한 일이 있다면 모두 흘려보내는 것이 좋습니다. 헤르만 헤세는 그의 대표작 《싯다르타》에서 "강에는 현재만이 있을 뿐이고 과거라는 그림자도, 미래라는 그림자도 없다"고 했습니다. 모든 길의 끝에는 바다가 있듯이 모든 시간의 끝에는 죽음의 종말이 있습니다. 하루의 끝이든 계절의 끝이든 한 해의 끝이든 그것들은 모였다 흩어지는 우리의 작은 죽음입니다. 죽음의 의미는 단순한 삶의 끝이 아니라 또 다른 삶, 초월적인 삶으로 나아가는 새로운 길이기도 합니다. 드보르자크의 〈신세계 교향곡〉을 들으면서 드보르자크가 말하는 신세계 또한 그런 초월적인 세계를 뜻하는 것은 아닌가 하는 엉뚱한 상상을 해봅니다. 물론 드보르자크가 말하는 신세계는 그 당시 새로운 대륙이었던 아메리카를 뜻하는 것이었지요.

한 해를 보내고 새해를 맞이하는 어느 날 우연히 히말라야 음악을 들은 적이 있습니다. 히말라야 설산에서 들려오는 것 같은 신비한 음악이었는데 앨범의 재킷을 확인해보니 이 곡을 연주한 '수르수다'는 네팔과 인도의 전통음악을 연주하는 그룹이더군요. 네팔과 인도에서는 모르는 사람이 없을 정도로 유명하고 유럽과 미국의 음악인들에게도 폭넓게 알려져 있다고 하는데, 저는 처음 이들의 음악을 접하고 신선한 충격을 받았습니다.

피리와 타블라, 시타르라는 악기 세 종류를 사용하는 이들의 연주는 서양 음악과는 완전히 다른 눈 덮인 설산에서나 들을 수 있는 신비한 음향으로 저를 사로잡았습니다. 피리는 갈대로 만든 듯한 소리를 내고, 시타르는 줄이 가늘고 여러 가닥으로 된 현악기인데 소리가 현란했습니다. 타블라는 가죽으로 만든 북인데 손으로 통통 퉁기면 북 속에 물이 들어 있는 것처럼 물소리가 나더군요. 네팔과 인도의 음악은 대부분 신에게 기도하는 음악처럼 들립니다.

인도와 네팔 사람들은 이런 음악을 무려 열 시간씩 연주하고 또 경청합니다. 저녁 8시부터 음악회가 시작되면 두 시간 정도는 악기의 줄을 고르며 마음을 가다듬고, 밤 10시가 되면 드디어 본 연주가 시작되어 다음 날 아침 해가 떠오를 때까지 계속된다니 우리로서는 힘이 달려 음악회에 참석할 수도 없을 것 같습니다.

긴 밤을 음악으로 지새우는 그들의 삶이 잘 이해가 되지 않지만 히말라야가 있는 곳이니 산의 정기를 받아 그런 것이 아닐까 하는 추측도 해봅니다. 히말라야를 등반하는 사람들이 자신들은 높은 봉우리와 깊은 계곡을 오르내린 것이 아니라 웅장한 한 편의 시 속에서 맴돌다 깨어난 것 같다고 표현한 글을 읽은 적이 있습니다. 강렬한 태양 빛을 받으며 장엄하게 서 있는 설산은 인간 세상에 속해 있는 산이 아니라 천상의 산이라는 말이 네팔과 인도의 음악을 들을 때면 실감 납니다. 설산 아래 무리 지어 피어 있는 황금빛 금잔화 꽃들은 또 얼마나 아름다운지요. 부평초 같은 삶에 매달려 전전긍긍하는 인간의 짧은 생을, 길고 폭넓은 안목으로 들여다볼 수 있게 하는 커다란 힘이 있는 것이 그들의 음악이며 산이 아닌가 합니다.

인간은 똑같은 강철로 전혀 다른 도구 두 가지를 만들었습니다. 하나는 칼이고, 또 하나는 바늘이지요. 칼은 주로 전쟁터에서 피와 승리와 권력과 지배에 사용되고 또한 무엇인가를 자르기 위해 존재한다면 바늘은 뭔가를 꿰매어 두 동강이가 난 것을 하나로 합치는 데 쓰입니다. 칼이 분할과 단절의 의미라면 바늘은 융합과 재생을 상징하지요.

비행기를 타고 하늘을 나는 중에 땅을 내려다보면 논밭은 마치 거대한 모자이크를 만들어놓은 것 같습니다. 모자이크 사이사이로 길이 나 있고, 길이 끊어진 곳에는 또 다리가 놓여 길을 이어주고 있습니다. 말하자면 강철과 시멘트같이 강하고 단단한 것으로 만들어졌지만 다리는 부드럽고 원만한 융합과 재생의 상징 같은 것이지요. 다리의 존재를 땅에 있을 때는 잘 인식하지 못하다가도 공중에서 보면 그 존재의 가치가 확연하게 보입니다. 불교의 경전에서도 《대집경》과 《화엄경》에 보면 다리를 놓아서 이웃을 이롭게 하라는 가르침이 있습니다. 고통스러운 이 세상에서 행복과 평안함이 깃든 세상으로 건너가는 데는 다리가 필요할 것입니다.

흘러간 팝송이지만 〈험한 세상의 다리가 되어〉라는 노래는 그 제목이 가진 가치만으로도 오랜 세월 사람과 사람의 마음을 이어주는 다리가 되고 있습니다.

때 묻은 고무신

우란분절이 무슨 뜻이며, 뭘 하는 날인지 궁금하시다던 말이 떠올라 몇 자 적습니다. 그리고 불교는 너무 어렵다며 좀 더 쉽게 접근할 방법이 없느냐는 말씀도 하셨지요. 불교가 어렵게 받아들여지는 것은 어쩌면 지금의 한국 불교가 부처님의 근본 가르침과는 거리가 먼 의식에 치중해 있기 때문이 아닌가 생각합니다. 경전 또한 한문이니 쉽지는 않겠지요.

어제가 마침 우란분절이었습니다. 흔히 백중百衆이라 부르는 우란분절의 '우란분'이란 산스크리트어의 울람바나ullambana에서 나온 말로 '거꾸로 매달려 있다'라는 뜻이 있

250

습니다. 부처님이 지옥을 거꾸로 매달려 있는 상태로 표현하신 거지요. 거꾸로 매달린 듯 고통받는 돌아가신 부모님의 영혼과 연고도 알 수 없는 수많은 영혼을 천도하는 이 우란분절이 스님들의 여름 결제(하안거)가 끝나는 칠월 보름날 행해지는 이유는 부처님의 10대 제자 중 한 분인 목련木連존자와 연관이 있습니다.

효성이 지극했던 목련존자가 하루는 선정 삼매 속에서 하늘 세계를 관찰하는데 하늘 세계 그 어디에도 돌아가신 어머니 모습이 보이지 않았습니다. 놀란 목련이 어인 일인지 부처님께 여쭙자 부처님은 "네 어머니는 살았을 때 너무 큰 악업을 지어 무간지옥無間地獄에 떨어져 있다" 하시는 것이었습니다. 깜짝 놀란 목련은 그 길로 어머니를 찾아 지옥을 헤매기 시작합니다.

목련의 지극한 효성으로 어머니는 지옥을 빠져나왔으나 사람의 몸을 받지 못하고 개의 몸으로 태어나게 됩니다. 개로 태어난 어머니 때문에 슬퍼하는 목련을 향해 부처님은 "목련아, 네가 아무리 효성이 지극해도 네 어머니는 악업의 뿌리가 너무 깊어 네 혼자의 힘으로는 어머니를 구하기가 어렵다. 칠월 보름은 수행자들이 여름 결제를 마치는 날이니 그때 한자리에 모여 어머니를 제도하면 정토에 태어나게 할 수 있을 것이다" 하셨습니다.

목련존자 이야기에 나오다시피 우란분절은 돌아가신 부모님과 조상들을 지옥의 고통에서 풀려나게 하는 날입니다. 그러나 효를 강조하는 차원을 넘어 모든 생명을 존중하는 의미가 담긴 날이기도 합니다. 부처님이 열반하신 뒤 여러 나라로 퍼져나간 우란분절은 각 나라의 전통 및 문화와 어우러지며 독특한 모습을 갖추게 되는데 우리나라의 우란분절, 곧 백중은 공양물을 올리며 경을 독송하고, 조상을 천도하는 제사의 형태를 띠고 있습니다.

한편 자자自恣법회를 하는 승가의 전통을 빠뜨린 채 우란분절을 이야기할 순 없습니다. 2,600년 전 부처님께서 직접 제안하신 이 자자법회란 여름 안거를 마치는 날, 대중이 한자리에 모여 자신의 허물을 고하고 잘못을 참회하는 의식입니다. 모여 앉은 대중 가운데 누군가가 내 허물을 지적하면 큰절을 올려 감사를 표하고, 그 자리에서 바로 참회하며 자신을 살펴보는 이 자자법회는 부처님도 친히 참석해 자신을 성찰했던 아름다운 자리였습니다.

자자법회 이야기를 하다 보니 옛일이 떠오르는군요. 출가한 지 얼마 되지 않던 어릴 적 일입니다. 하루는 스님들 고무신을 깨끗하게 닦아 댓돌 위에 정돈해놓고 미워하던 한 스님의 고무신만 싹 빼놓고 닦아주지 않았지요. 그런데 그 스님의 고무신이 그날 밤 잠자리까지 따라오며 눈앞에 아른거렸습니다. 저보다 나이도 많았던 그 스님이 무엇 때문에 미웠는지는 기억나지 않지만 우란분절만 돌아오면 그때 일이 떠오릅니다.

고무신 때문에 불편하던 마음이 풀린 건 은사스님의 법문 덕분이었지요. 우란분절에 대한 법문을 듣는 동안 나는 슬그머니 마음이 풀려 참회의 편지를 써서 그 스님 책상 위에 올려놓았습니다.

다음 날, 새벽 예불이 끝나자 느닷없이 그 스님이 다가와 덥석 큰절부터 하더군요. 자신이 부족했다며 절을 하는 그 스님을 향해 저도 민망한 마음을 감추며 맞절을 했지요. 그 스님의 고무신을 빼놓았을 때의 미워하던 마음은 어딘가로 사라지고 금세 마음이 활짝 펴졌습니다. 중생의 마음이 찰나에 부처의 마음으로 바뀌는 순간이었다고나 할까요.

언젠가 아내와 다투셨다며 "스님들은 싸울 사람이 없어서 좋겠습니다"라고 하셨지요? 그러나 인간의 감정에 어디 스님과 중생의 구분이 있겠습니까. 먹물 옷을 입었건 그렇지 않건 사람은 다투면서 자신을 성찰하고 서로를 이해하는 가운데 타인을 받아들이는 것 아닐까요?

우란분절의 참된 가치는 공양물 올리며 기도드리는 제사 의식보다는 자신의 잘못을 참회하고 타인에게 용서를 구함으로써 대중이 화합하는 자자법회에 있는지도 모릅니다. 스스로에게 정직해지는 만큼 우리의 의식은 저만큼 큰 걸음으로 나아가게 되겠지요.

내년 우란분절에는 가까운 사람들이 함께 모여 서로의 잘못을 고백하고 용서하는 자자법회가 되었으면 좋겠습니다.

인간의 감정에 어디
스님과 중생의 구분이 있겠습니까.
먹물 옷을 입었건 그렇지 않건
사람은 다투면서 자신을 성찰하고
서로를 이해하는 가운데
타인을 받아들이는 것 아닐까요?

험한 세상의 다리가 되어

새삼 남을 돕는다는 것은 뭘까 하는 생각에 골몰하고 있습니다. 저 또한 누군가를 돕는 일에 관심을 갖고 사회복지학까지 공부했으니 한마디로 답이 나와야 하건만 그렇게 되지 않는 것은 내가 살아온 날이 과연 선뜻 대답을 할 수 있을 만큼 온전했던가 하는 의문 때문이기도 합니다.

삭발하고 첫 겨울을 맞았을 때입니다. 새벽 예불부터 시작해 잠들기 전까지 절집의 일이란 밑도 끝도 없던 시절이었지요. 불공과 제사로 인해 때로는 온종일 서서 지내야 하는 날도 있었고, 정월이면 한 달 내내 다녀가시는 손님을 위해 강정 같은 과자류를 만드느라 모두가 쉴 틈이 없었습니다.

치렁치렁하던 긴 머리를 자르고 처음으로 맞이한 겨울이 유난히 추웠던 이유는 머리카락 때문일 것입니다. 어깨를 한껏 웅크린 채, 수건으로 목을 칭칭 감아도 맨머리는 시리기만 했고 밀려오는 추위를 감당하기엔 새벽 예불이 너무나 힘겨웠습니다. 겨울이 마치 거대한 몸집을 한 거인같이 느껴졌지요. 오죽하면 새벽에 일어나는 것만 안 하면 중노릇 잘할 것 같다는 생각까지 했을까요.

그러던 어느 날, 새벽 예불을 나가다가 우연히 환경미화원 아저씨들이 일하는 모습을 목격했습니다. 도시에 있던 절이라 동네 가운데 절이 있었고, 그 시절만 해도 대문 바깥에 있는 큰 쓰레기통에 쓰레기를 몽땅 모아두곤 했습니다.

그 추운 겨울날 꽁꽁 언 손에 입김을 불며 쓰레기를 치우고 있는 아저씨들을 보자 가슴이 쩡해왔습니다. 꼭두새벽부터 골목을 누비고 다니며 쓰레기를 치워야 하는 아저씨들은 얼마나 힘들까? 새벽에 일어나 예불 드리는 것도 쉽지 않은 일인데 저분들은 날마다 남의 집 쓰레기를 치워야 하니 얼마나 고생스러울까? 불현듯 아저씨들을 위해 따끈한 우유라도 데워 드려야겠다는 생각이 들었습니다.

공교롭게 새벽 예불 시간마다 아저씨들은 쓰레기를 치우러 왔고, 그때마다 나는 배가 아프다는 핑계를 대며 법당을 빠져나왔습니다. 그렇지 않아도 솜털투성이인 어린아이가 서릿발같이 차가운 시간에 일어나는 것을 애처롭게 여기던 은사스님은 절을 하다 말고 법당을 빠져나가는 나를 조용히 지켜보기만 하셨지요.

법당을 빠져나온 나는 몰래 다락으로 올라갔습니다. 깡통에 든 분유를 찾아내기 위해서였지요. 미리 준비해놓은 뜨거운 물에다 분유를 섞은 뒤 바깥으로 가지고 나갔습니다. 그 당시 가루우유는 귀한 음식이었던 데다 내 입에는 마냥 맛있게 느껴졌기에 아저씨들에게 드리고 싶었던 것입니다.

깜깜한 어둠 속에서 후루룩거리며 우유를 마시는 환경미화원 아저씨들을 지켜보며 나는 행복에 잠기곤 했습니다. 속에 뜨거운 것이 들어가니 추운 것이 덜하다며 아저씨들이 고마워하면 뭔가 장한 일을 한 것 같아 가슴이 뿌듯하기도 했습니다. 신이 난 나는 우유뿐 아니라 공양물로 들어온 수건이나 양말까지 챙겨다 드렸지요.

그러던 어느 날, 빈 그릇을 챙겨 돌아서는데 누군가 지켜보는 사람이 있었습니다. 가슴이 철렁했지요. 서 있는 사람은 은사스님이었습니다. 외등 아래 불빛을 맞으며 계신 스님을 보자 나는 나쁜 일을 하다 들킨 아이처럼 주춤거렸습니다. 평소 작은 물건 하나도 허투루 쓰시는 법 없는 스님의 알뜰한 성품을 잘 아는 터라 마음대로 절 물건을 퍼 돌린 것이 마음에 걸렸던 거지요.

불호령이 떨어질까 조바심하면서 동정을 살피는데 스님의 온화한 눈길이 느껴졌습니다. 불빛 속에서 스님은 마치 조명을 받은 배우처럼 한동안 움직임이 없으셨습니다. 은사스님은 이미 내가 하고 있는 행동을 훤히 알고 계셨던 거지요. 방으로 들어가자 스님은 나무라기는커녕 잘했다며 칭찬까지 해주셨고, 어떻게 그런 생각을 했느냐며 대견해하셨지요.

대학 때의 전공과 달리 내가 사회복지학을 공부하려고 대학원에 가게 된 건 그 시절 스님의 그런 자비심을 기억했기 때문인지도 모릅니다. 티끌만큼이라도 내가 어려운 사람들을 위해 헌신한 일이 있다면 그 또한 침묵으로 지켜보던 은사스님의 자비심에 감화되었기 때문입니다.

우린 흔히 험한 세상을 핑계 대며 이웃의 아픔을 외면하거나, 내가 손해를 입을 것이 두려워 위기에 빠진 사람을 모르는 척해버리기도 합니다. 그러나 우리가 험하다고 말하는 그 세상 역시 우리 모두가 함께 만들어낸 공동의 현실이 아닐까요? 세상이 험한 원인으로부터 우리는 정말 아무런 책임도 없는 것일까요?

험한 세상의 다리가 되는 삶, 그것의 출발은 아마 자비로운 마음에서 비롯될 것 같습니다. 어떤 험악함도 자비 앞에서는 무릎을 꿇습니다. 자신을 죽이려고 술 취한 코끼리까지 동원했던 제바달다에게 부처님은 자비를 보여주셨지요. 중생이 어떻게 부처처럼 살 수 있느냐고 반문하실지 몰라도 모든 건 그저 한 생각, 마음먹기에 달렸습니다.

자기 것을 챙길 줄 모르고, 마지막 남은 연필 하나까지도 친구에게 줘버리고, 벌레가 물어도 불쌍하다며 차마 죽이지 못하는 아이를 만나면, 이 험한 세상을 저렇게 마음이 여려서 어떻게 살까 하며 걱정하는 마음으로 보지 말고 고맙고 놀라운 눈으로 보고 싶습니다. 우리는 과거에 모두 아이였고, '어린이는 어른의 아버지'라는 윌리엄 워즈워스의 유명한 시구절처럼 아이를 통해 배울 것이 너무나 많습니다. 우리 모두가 아이였던 시절로 돌아가 아이였던 나로부터 배워야 할 게 많습니다. 벌레 한 마리도 함부로 대하지 않는 아이의 순진무구한 품성을 닮아갈 때 세상은 결코 험하지만은 않을 것입니다.

우리가 처한 험한 세상은 우리 모두의 공동의식이 만들어낸 결과물입니다. 대양에 물 한 방울이 떨어지더라도 분명 떨어진 물방울만큼의 부피와 온도가 바뀌듯, 한 사람 한

사람의 의식이 바뀌면 우리가 사는 세상도 그만큼 바뀌어
나갈 것입니다. 예전에 널리 불리던 노래의 가사처럼 우리
모두 험한 세상의 다리가 되도록 노력합시다.

간절한 마음으로 올리는 치유의 기도

뛰어난 가르침과 덕 높은 스승이 곁에 있다 해도, 기도
하기 좋은 환경과 상황이 만들어져도 우리는 오래된 습관
과 집착에 끌려 순간순간 미혹한 삶을 살아가며 힘들어합
니다.

병에 걸렸을 땐 병만 나으면 새로운 삶을 살 거야 하고,
돈이 없어 쪼들릴 땐 돈만 생기면 더 나은 삶을 살 거야 하
고, 어려운 문제에 부딪혀 갈등할 땐 이 문제만 해결되면 자
유롭게 살 거야 하며, 마음은 언제나 뭔가가 결핍되어 있어
서 그 결핍으로부터 벗어나기만을 원하며 지금 이 순간을
온전히 받아들이지를 못합니다.

현재는 언제나 만족스럽지 못하고, 과거는 후회나 집착 때문에 잘 놓지를 못하여 힘들었던 과거를 떠올리면서 오히려 그때가 좋았지, 하며 어려웠던 시절을 미화하는 어리석음에 빠지기도 합니다. 그렇게 지금 여기, 현재에 온전히 머물지 못하는 마음은 늘 결핍을 만듭니다.

현재에 만족하지 못하는 마음이 부족함을 만들고, 무엇인가가 빠진 것 같은 마음이 불만족을 만들어 우리는 늘 두리번거리며 행복을 찾기만 합니다. 마음이 현재에 가 있지 못하고 오지 않을 미래에 가 있거나 이미 사라져버린 과거에 가 있는 동안 우리는 만족할 수 없습니다. 만족할 수 없으면 행복할 수도 없습니다. 마음이 만들어내는 그런 결핍을 바로 알아차려 불만족으로부터 벗어나기 위해 기도합니다.

지금 이 순간을 행복한 순간으로 만들기 위해 기도하며, 지금 인연 맺은 모든 이들을 소중하게 받들기 위해 기도하며, 지금 내게 찾아온 슬픔과 고통을 스승으로 모시기 위해 기도하며, 그 슬픔과 고통이 나뿐만 아니라 다른 사람에게도 말끔히 사라지기를 발원하는 마음으로 기도합니다.

내가 받은 상처를 자비심을 배울 기회로 받아들이며, 슬픔과 고통을 성숙해지는 기회로 받아들이며, 내가 행한 실수를 현명해지고 겸손해지는 기회로 삼으며, 삶이 내게 사랑과 희망을 가르쳐준 것에 감사하는 마음으로 오래된 이 책을 다시 한번 세상에 내어놓습니다.

정목 두 손 모음